„Die einzige Freude auf der Welt ist das Anfangen.
Es ist schön zu leben,
weil leben anfangen ist,
immer, in jedem Augenblick."

Cesare Pavese
(ital. Schriftsteller 1908 – 1950)

Impressum

© 2024 Mildenberger Verlag, 77654 Offenburg.
Foto Einband: Armin Krüger
Einband- und typografische Gestaltung:
Frank Mildenberger
Druck und Bindung:
optimal media GmbH, 17207 Röbel / Müritz
Alle Rechte vorbehalten.
ISBN 978-3-619-01010-3

Inhalt

Vorwort

Liebe Leserin, geneigter Leser,
bei meiner Verabschiedung als Oberbürgermeister der Stadt Kehl am 27. April 2022 wurde ich von einem Redner zitiert: „Das wahre Leben ist Begegnung!" Sollte ich das tatsächlich mal gesagt haben, gestehe ich hier und jetzt: Es war ein klitzekleiner geistiger Diebstahl – und zwar bei Guy de Maupassant. Von dem französischen Schriftsteller stammt nämlich der Satz: „Es sind die Begegnungen mit Menschen, die das Leben so lebenswert machen."

Als das gesellschaftliche Leben während der Coronapandemie heruntergefahren wurde und ich gleichzeitig ernsthaft erkrankte, reifte in mir die Erkenntnis, dass es noch ein anderes lebenswertes Leben gibt, das sich nicht ins Korsett einer 70- oder 80-Stunden-Woche zwängen lässt.

Dieses andere Leben wollte ich kennenlernen. Ich war verdammt neugierig darauf, hatte Ideen und Pläne, aber noch keine konkreten Vorstellungen von dem neuen Lebensentwurf. Klar war mir nur: Ich will mich engagieren, um der Gesellschaft wenigstens einen kleinen Teil von dem zurückzugeben, was ich bekommen habe.

Und noch etwas stand vorne auf meiner Liste: Das tun, was ich in all den Jahren als Bürgermeister immer wieder aufgeschoben hatte – Besuche bei lieben Menschen, für die ich einfach zu wenig Zeit hatte. Und an der Stelle sind wir wieder bei Monsieur de Maupassant: Das wahre Leben ist Begegnung.

Die Bürgermeisterwahl 2001 in Durbach, die Wahl zum OB von Kehl 2014, aber auch der jeweils vorgelagerte Entschluss, mich von Durbach nach Kehl zu bewerben und dort nach acht Jahren nicht erneut zu kandidieren, waren Momente der Reflexion und des Innehaltens. Aber auch ein Wechselbad der Gefühle. Meine Neugier auf das, was kommt, trat an gegen viele, meist schöne Erinnerungen an Erlebnisse, die sich nicht nur auf kommunalpolitische Tätigkeiten reduzierten.

Dabei fielen mir viele Geschichten und Anekdoten ein, die ich gerne mal erzählt hätte. Der Wunsch, solche Storys aufzuschreiben, war latent vorhanden, aber keine ernsthafte Option. Aus dem simplen Grund: Ich kann nicht schreiben. Damit meine ich nicht die Fähigkeit, Buchstaben zu Wörtern zusammenzusetzen – das funktioniert in aller Regel unfallfrei. Was mir fehlt, ist die Begabung, eine Geschichte spannend und unterhaltsam aufzuschreiben. So war diese Mission, die ich in mir spürte, beendet, ehe sie überhaupt beginnen konnte.

Dann kam der 15. Juni 2022. Meine Zeit als OB in Kehl war vorbei. Und ich hatte begonnen, Dinge nachzuholen, die ich schon immer machen wollte. So besuchte ich in einem Oberkircher Pflegeheim „Tante Gertrud", die Ende der 1960er-Jahre meine Kindergärtnerin war. Es wurde eine bewegende und emotional tiefe Begegnung, die ich mit all den Kindheitsbildern, die dadurch in meiner Erinnerung hochstiegen, verstoffwechseln musste. Und dabei fiel mir wieder das Schreiben ein.

Die Frage war nur: Wie? Und mit welchen Ressourcen? Es gibt unzählige Bücher und ähnlich viele

Kurse in Präsenz oder online, die angeblich kreatives Schreiben vermitteln. Ich verzichtete darauf, es auszuprobieren. Und dachte vielmehr: Frag doch jemanden, der das viel besser kann als ich.

So fiel meine Wahl auf Thomas Kastler, den langjährigen Sportchef der Mittelbadischen Presse, selbst Autor und dem Zeitungsleser bekannt für eine spitze Feder in seinen Kolumnen. Am Montagmorgen habe ich seit Jahren ein Ritual: aufstehen, die Zeitung aus dem Briefkasten holen, Espresso ziehen und die Kastler-Kolumne lesen.

Thomas und ich kennen uns durch unsere Berufe seit vielen Jahren. Persönlich zusammengebracht hat uns ein gemeinsamer Freund: der Sänger Claudio Versace. Aus der ersten Begegnung Anfang der 2000er-Jahre ist eine enge, vertraute und verlässliche Freundschaft geworden.

Als ich Thomas mit der Frage konfrontierte, ob er mich beim Verschriftlichen meiner Gedanken unterstützen möchte, war ich überrascht und gleichzeitig sehr erfreut über die spontane und uneingeschränkte Zusage. „Ich habe das noch nie gemacht, gehe aber das spannende Experiment mit dir ein." Und nicht nur das. Ohne je eine der möglichen Geschichten von mir gehört zu haben, hat sich durch Thomas selbst eine ergeben. Und zwar die, in der Claudio Versace und ich musikalisch im Hofbräuhaus gelandet sind.

Immerhin hatte Thomas diese Geschichte schon oft bei seinen Geburtstagsfeiern gehört. Es mag um das Jahr 2005 gewesen sein, als ich sie in launiger Runde zum ersten Mal erzählt habe. Bald hatte sie einen Hauch von „Dinner for One", was die Wiederholungsschleife betraf. In den folgenden Jahren erinnerte sich immer mindestens ein Gast an die von mir erzählten Erlebnisse mit Claudio in München. Und stets wurde ich aufs Neue herausgefordert, diese Story zu erzählen, was ich mit Begeisterung tat.

Wegen Corona war dann vorläufig Schluss damit. Aber „Tante Gertrud" und die Hofbräuhaus-Italiener legten gedanklich den Grundstein für dieses Büchlein. Mir war auch schnell klar, welchen Titel es tragen sollte – er lag ja auf der Hand: „Das wahre Leben ist Begegnung".

Fast hätte ich auch meinen Co-Autor davon überzeugt. Doch nach unserem gemeinsamen Aufenthalt in Caltabellotta überredete mich Thomas zu dem Titel, den er insgeheim schon länger im Kopf hatte: „Antonio im Badner Land".

Nun: Es sind tatsächlich Geschichten und Anekdoten des Sizilianers Antonio Vetrano, der im Badner Land heimisch wurde, aufgeschrieben von einem, der ebenfalls einen Migrationshintergrund hat. Denn der Schwabe Kastler wuchs auch in badischen Gefilden auf.

In diesem Sinne: Viel Vergnügen beim Lesen!

Zwei Italiener im Hofbräuhaus

Es lief tatsächlich. Die Leute mochten uns. Ihr Beifall kam von Herzen und war mehr als nur das höfliche Berühren zweier Handflächen, um ein vornehmes Klatschgeräusch zu erzeugen. Musiker haben ein feines Gespür, das zu unterscheiden.

„Lasciatemi can-taaa-reee", sang Claudio mit seiner ausgefeilten Stimme.

Der Ohrwurm von Toto Cutugno kam an. „Lasst mich singen", heißt der Refrain auf Deutsch.

Sie ließen uns.

Und an den Tischen ließen sie's sich schmecken. Die Hochzeitsgesellschaft tafelte am hellen Nachmittag. Das Brautpaar strahlte und prostete immer wieder fröhlich in die Runde.

Und wir waren mittendrin statt nur dabei im heißesten Auswärtsspiel unserer noch kurzen Karriere als Duo für Tanz- und Unterhaltungsmusik. Eine bayrische Hochzeit im Herzen von München mit zwei italienischen Entertainern – das war so ähnlich, als hätte sich eine senegalesische Folklore-Formation auf eine türkische Hochzeit am Strand von Fethiye verirrt.

Aber bitte: Sie hatten uns gewollt – und wir wollten es erst gar nicht glauben.

Mit dem Hauptgang, einem zünftigen Schweinebraten samt Rotkohl und Semmelknödeln, hatte das Hochzeitsmenü inzwischen seinen Höhepunkt überschritten. Allmählich leerte sich der Saal. Es war halb vier am Samstagnachmittag. Beste Bundesliga-Zeit.

Aber das konnte nicht der Grund sein. „Die Leute wollen rauchen oder sich die Füße vertreten", sagte ich zu Claudio und zwinkerte ihm zu. „Sei sicuro?" – „Bist du sicher?", fragte er und ergänzte selbst: „Sicuramente hai ragione." – „Bestimmt hast du recht."

Aber keiner der Gäste kam zurück. Im Gegenteil: Um vier Uhr waren Claudio und ich alleine. Hatten wir womöglich doch den Saal leergespielt?

Das wäre der GAU. Der Albtraum eines jeden Musikers. Ich wurde jäh aus diesen Gedanken gerissen. Denn es näherte sich ein bayrischer Trachtenjanker und stellte sich als Onkel der Braut vor. „Sans ned bös und nehmts des ned persönlich", bat er uns, „die Braut hams entführt und des dauert ollaweil …"

Der Trachtenjanker schickte uns mit einem 50-Mark-Schein in die Kaffeepause. „Wenn ihr in 'ra Stunde wieda zruck seids, is ois guad."

Wir schauten uns an. „Kein Problem", sagte ich, überlegte kurz, weil uns das mit dem Geld peinlich war, und steckte den Schein dann doch ein. Wir gingen nach draußen. „Gott sei Dank", sagte ich, „das war unsere Rettung!"

Claudio lachte nur. Er wusste genau, was ich meinte. Wir hatten damals höchstens 30 Titel im Repertoire und wären gehörig ins Schwitzen gekommen, wenn wir, wie ursprünglich vereinbart, von 14 bis 22 Uhr hätten durchspielen müssen.

Davor hatten wir echt Muffe gehabt. Und jetzt waren wir fürs Erste raus aus der Nummer. Irgendwie erleichtert und doch ein bisschen befremdet über den seltsamen Verlauf der Hochzeit, schlenderten wir über den Viktualienmarkt und hinein in die Fußgängerzone.

Ich dachte: Dieser „Gig", so nennen Musiker ihre Jobs, ist mindestens so verrückt wie meine Geschichte mit Claudio, die acht Jahre zuvor begonnen hatte.

Es war im „Landhaus" in Schutterwald, einem Tanzlokal, das Mitte der 1980er-Jahre voll im Trend lag. Dort traf Caltabellotta auf Montemilone.

Anders gesagt: Der gebürtige Sizilianer Toni Vetrano traf den gebürtigen Süditaliener Claudio Zucano.

Zusammengebracht hat uns, wie könnte es anders sein, ein weiterer Italiener: Lillo Morreale, der in Offenburg lebte.

Claudio tourte in diesem Herbst 1984 mit der Band „Crazy Love" und wurde vom „Landhaus" über eine Agentur für ein, zwei Wochen gebucht. Ich war in der Zeit musikalisch mit Adriano de Santis und Pino Esposito unterwegs – als Tanzmusik-Trio.

Die Schnittmenge mit dem Profi-Musiker Claudio begrenzte sich daher auf unser Probelokal in Ohlsbach, das er mit seinen Leuten besuchte. Bei dieser Gelegenheit führte er eine Handmade-Session auf, die uns zutiefst beeindruckte.

Wir hatten noch ein paar Monate lang Kontakt, verloren uns dann aber aus den Augen.

Sechs Jahre später, im Fußball-WM-Sommer 1990, hatte ich mein Studium schon beendet, arbeitete in Teilzeit beim Landratsamt und verdiente ein paar Mark nebenbei im Copyshop an der Offenburger Pfefferle-Kreuzung.

Plötzlich ging die Tür auf – und Claudio stand im Laden. „Sei sicuro?" – „Bist du sicher?", fragte er, strahlte übers ganze Gesicht, breitete die Arme aus und umarmte mich herzlich.

*Die Musiker und Entertainer Toni Vetrano und Claudio Versace
bei einem Liveauftritt*

„Claudio!", rief ich und war erst mal baff.

„Was machst du hier? Willst du was kopieren? Ein Original wie dich kann man doch gar nicht kopieren", versuchte ich zu scherzen.

Aber sein Blick wurde ernst. Und er erzählte in groben Zügen, was in den letzten Jahren passiert war.

Privat lief's glänzend. Er hatte geheiratet. Seine Frau Marianne kam aus Hofweier, Claudio war jetzt also quasi ein Ortenauer.

Bis vor Kurzem hatte er noch in Nizza an der Côte d'Azur ganz in der Nähe der „Promenades des Anglais" gelebt und dort beim amerikanischen Jazz-Sänger und Komponisten William Price King Gesangsunterricht genommen. Dazu hatte er eine Theaterausbildung gemacht. In Nizza gab es auch einen Produzenten, der ihn engagierte, um ihm zu einer Karriere mit eigenen Titeln zu verhelfen.

Doch dann kündigte der Produzent den Vertrag, und Claudio musste sich vollkommen neu orientieren. Hinzu kam, dass der Golfkrieg dazu führte, dass vor allem in der Schweiz, wo er längere Zeit verbracht und sich musikalisch einen Namen gemacht hatte, viele Veranstaltungen abgesagt wurden.

Kurzum: Claudio war auf Jobsuche. Und sein Besuch im Copyshop sollte ein Vorstellungsgespräch werden. Ich selbst hatte zu der Zeit musikalisch auch eine, nennen wir es mal – Vakanz. Ich hatte mich von Adriano und Pino getrennt. Es gab aber noch etliche Anfragen für gemeinsame Auftritte, die ich alleine nicht bedienen konnte.

„Wir beide könnten diese Termine doch machen", schlug Claudio vor.

Ich schluckte erst mal kräftig, ohne dass er es merkte. Denn ich wäre nicht im Traum auf die Idee gekommen, dass sich ein Vollprofi wie er mit einem Amateurmusiker wie mir zusammentun wollte.

Claudio hatte zwar auch klein angefangen mit einem Schlagzeug in einer Garage, die sein Vater eigens angemietet hatte, um die Nachbarn von der Lärmbelästigung durch seinen Filius zu erlösen. Aber dann war er schon mit 17 Jahren professionell unterwegs und bestritt seither seinen Lebensunterhalt ausschließlich mit Musik.

Bei mir hingegen war es lange Zeit eine unerfüllte Sehnsucht gewesen. Als Kind wollte ich immer ein

Instrument spielen. Doch in unserer bescheidenen Gastarbeiter-Familie, die auf der Offenburger Kronenwiese lebte, waren die Mittel dafür schlichtweg nicht vorhanden. Außerdem galt ein Musikverein als elitär. Und ganz ehrlich: Meine Eltern hatten einfach keine Affinität zu dem Thema.

Es dauerte bis zum 14. Geburtstag, ehe mein sehnlicher Wunsch dann doch in Erfüllung ging. Ich bekam eine Gitarre. An Unterricht war nicht zu denken. Also brachte ich mir das Spielen mithilfe meiner Kumpels und ein paar Schallplatten selbst bei. So gut es eben ging. Der Durchbruch kam in der achten Klasse im Landschulheim auf der Katharinenhöhe in Schönwald. Mein Lehrer war der legendäre Jess Haberer. Es gab kaum einen Sattel, in den der nicht gestiegen wäre.

Haberer war das Urgestein der Offenburger Pfadfinder und hatte schon eine Karriere als Leibwächter des Politikers Wolfgang Schäuble hinter sich. Musikalisch gehörte er zu den Assen in der Ortenau. Seine Band waren die „Allstars" – und die hatten während unserer Landschulheim-Woche einen Auftritt in Reichenbach bei Lahr.

„Hast du Lust? Kommst du mit?", fragte Haberer völlig überraschend. Meine Zusage kam mit der Geschwindigkeit eines ICE.

Und ich sog alles in mich auf, was ich sah: den Aufbau auf der Bühne mit all den Kabeln und Verstärkern. Ich durfte selbst eine Box tragen und ein Kabel binden. Und als ich 14-jähriges Greenhorn dann auch noch für einen Moment auf der elektrischen Gitarre von Harry spielen durfte, fühlte ich mich wie ein Weltstar.

Ich war total beeindruckt!

Und mir war an diesem Abend vollkommen klar: Ich will, ich muss in die Musik!

Später durfte ich dann tatsächlich noch die Musikschule besuchen, und meine ersten Gehversuche machte ich in einer Schülerband.

Ja, und dann saß ich da und hörte das Angebot von Claudio. „Noi due." – „Wir beide." Okay, dachte ich, lass uns das machen.

Erst nannten wir uns „Listen Now", merkten aber schnell, dass das sehr unpersönlich klang. Da Bekanntheit bekanntlich über Namen funktioniert – welche Erkenntnis – nannten wir uns „Claudio & Toni". Wir fanden, das klang immer noch besser als „Gustl & Heinz", „Felix & Joe" oder wie sie damals so hießen. Und in der Musik kommt es doch auf den Klang an.

Unsere erste Location war das „Sinatra" am Offenburger Stadtbuckel. Parallel bildeten wir mit dem Duo „Peter & Salvatore" aus Freiburg das Quartett „New Broadway" und hatten Auftritte bei diversen Galas. Und wir durften im Ruhrgebiet den Panflöten-Künstler Edward Simoni begleiten.

Das Schwarzbrot blieb aber unser Tanzmusik-Duo. Und wir waren nicht dermaßen auf Rosen gebettet, dass wir es uns hätten leisten können, um die Fastnacht einen großen Bogen zu machen.

Wir mussten das irgendwie mitnehmen. Aber das war leichter gedacht als getan. Bringen Sie mal einem in der Schweiz sozialisierten Italiener bei, dass er singen soll: „Marie, do liegt ä doder Fisch im Wasser, den mach'mer hie ..."

Claudio starrte mich entgeistert an. Ad eins: Das war meilenweit unter seinem Niveau.

Ad zwei: Er hatte mit der Narretei so wenig am Hut wie Angela Merkel mit einer Büttenrede.

Ad drei: Er fand den Text total unlogisch. „Wieso muss man einen toten Fisch noch kaputtmachen?", fragte Claudio.

„Das macht gar keinen Sinn", fügte er hinzu, als müsste er mich davon überzeugen, dass er recht hat.

Ich brach die Diskussion ab, indem ich eine Entscheidung traf: „Egal, Claudio! Wir singen das. Und gut ist."

Unserer Musik war es zuträglich, dass ich einen Draht zur Drogeriemarktkette „dm" hatte, über einen Kontakt aus dem Kollegenkreis im Landratsamt. Das führte zu gelegentlichen Auftritten von „Claudio & Toni" bei Neueröffnungen von Filialen oder anderen Events.

Am 13. Oktober 1990 sollte ich eine Moderation in Nürnberg machen. Unterhaltungsmusik wurde ebenfalls angefragt. Also nahm ich Claudio mit – es sollte unser erster gemeinsamer Auftritt werden.

Ganze zwölf Titel hatten wir im Angebot. Probe? Von wegen. Auf der Autobahn hörten wir uns die Musik an und übten abends im Hotel noch ein bisschen. Dann traf uns fast der Schlag: In den Nachrichten kam, dass in Oppenau im Gasthaus der Brauerei Bruder ein Attentat auf Wolfgang Schäuble verübt worden war.

Wir saßen in Schockstarre vor dem Fernseher. Schüsse in einer Wirtschaft bei uns vor der Haustür. Nicht irgendwo in Texas auf einen amerikanischen Präsidenten. Nein, auf unseren Innenminister Wolfgang Schäuble, unseren Abgeordneten aus dem Wahlkreis Offenburg.

Unglaublich. Unfassbar.

Erst der gelungene Auftritt am nächsten Tag riss uns aus diesen Gedanken und auf der Heimfahrt fingen Claudio und ich sogar ein bisschen an zu träumen.

Wir überlegten, wie es wäre, wenn wir bald Musikproduzenten wären und Werbejingles machen würden. „Und du wirst sehen", sagte Claudio, „in fünf Jahren haben wir beide ein Autotelefon."

Er sollte recht behalten, wenn auch anders als gedacht. Fünf Jahre später waren Handys schon gang und gäbe – und lösten das herkömmliche Autotelefon ab. Nie werde ich meine erste Rechnung vergessen. Eine Minute mit dem Handy, das noch das Gewicht und die Größe eines Revolvers hatte, kostete 1,99 Mark.

Im nächsten Frühjahr hatten wir wieder einen Termin bei „dm". Neueröffnung einer Filiale in München. Mit Luftballons und allem Pipapo. „Claudio & Toni" mittendrin – direkt vor dem Laden auf dem Trottoir. Wir spielten den italienischen Hit der Fußball-WM: „Un'estate italiana" von Edoardo Bennato und Gianna Nannini. Ein Jahr nach dem glorreichen Finale von Rom mit dem 1:0-Triumph gegen Argentinien fühlten sich die Menschen sofort wieder im WM-Fieber, wenn sie diese Melodie hörten.

Die Leute, die vorbeiliefen, ordneten uns nicht alle dem Drogeriemarkt zu. Manche dachten, wir seien Straßenmusiker und legten ein bisschen Geld aufs Keyboard.

Dann blieb eine Frau stehen und stellte sich als „Sedlmayer Vroni" vor. Sie hatte ihre Tochter Jenny dabei.

„Spuilts ihr zwoa a auf Hochzeitn?" fragte sie.

„Ja!", antworteten wir im Brustton der Überzeugung und nahezu synchron.

Sie redete nicht lange um den heißen Brei herum und erkundigte sich direkt nach der Gage.

Was ich jetzt sagte, war frech und im Grunde dazu bestimmt, eine Absage zu provozieren. Denn für eine Hochzeit extra nach München zu fahren. Nun ja ...

Also antwortete ich: „2000 Mark."

„Basst scho", sagte die Sedlmayerin trocken und zuckte nicht mal ansatzweise mit der Wimper.

Mutter und Tochter steckten unsere Visitenkarte ein, und wir dachten schon am selben Abend nicht mehr an diese Begegnung, die ich nicht ganz ernst genommen hatte.

Wochen später klingelte mein Telefon. „Sedlmayer aus München", sagte eine Frauenstimme am anderen Ende der Leitung. „Wissen S' no ...?"

Ups. Ja, ich wusste ...

Und die Dame machte tatsächlich Ernst.

Sie nannte einen Termin: „Samstag, 11. Mai 1991." Die Zeit: „14 Uhr." Und die Adresse: „Platzl 9, 8000 München."

Klingt goldig, dachte ich, richtig bayrisch.

Mit einem leicht mulmigen Gefühl wegen der wenigen Titel, die wir auf Lager hatten, näherten wir uns an besagtem Samstag im Mai im schwarzen Opel Frontera von Claudio über die A8 der bayrischen Landeshauptstadt.

Das Einzige, was wir wussten, war: Innenstadt. Weder hatten wir einen Stadtplan, noch besaßen wir ein Navigationsgerät, das damals höchstens in Science-Fiction-Filmen vorkam.

Irgendwann hatten wir uns bis in die richtige Straße durchgefragt, was in unseren Augen schon ein mittelprächtiges Kunststück war angesichts der Vielzahl an Einbahnstraßen in der Münchner City.

Jetzt ging's nur noch um die richtige Hausnummer. Die „9".

Die gehörte zu einem riesigen Gebäudekomplex. Das kam uns spanisch vor. Wir checkten die Nummern links und rechts. Aber alles passte.

Schließlich gab es keinen Zweifel mehr: Platzl Nummer 9 war – das Hofbräuhaus.

„Mamma mia", sagte Claudio, „sei sicuro?"

Mir wollte das partout nicht in den Kopf. Eine bayrische Hochzeit im Münchner Hofbräuhaus mit einem italienischen Gesangsduo als Entertainer – das passte so wenig wie Udo Lindenberg auf einem Empfang im Schloss Bellevue zum 75. Geburtstag von Bundespräsident Richard von Weizsäcker.

Also ging ich rein und fragte an der Theke: „Findet hier heute eine Hochzeit statt?" Antwort: „Ja."

Dann nannte ich den Namen Sedlmayer. „Auch richtig!"

Na ja, okay, dachte ich. Man wies uns den Weg in einen Nebenraum, und wir begannen mit dem Aufbau der Anlage. Dann lief alles wie am Schnürchen, bis sich der Saal leerte.

Als wir von unserem ungewollten Spaziergang zurückkehrten, hatten wir drei CDs dabei, die wir von den 50 Mark gekauft hatten. So wie sich das für brave Musiker gehört.

Das Nebenzimmer war so voll, wie wir es verlassen hatten – nämlich lotterleer. Eine gute Stunde verging.

Wir saßen herum wie bestellt und nicht abgeholt. Aber bitte: Je länger die Pause dauerte, desto größer war die Chance, mit unserem mageren Repertoire über die Runden zu kommen. So es denn überhaupt eine Fortsetzung geben würde.

Eine Wette hätte ich in diesem Moment nicht darauf abgeschlossen.

Plötzlich hörten wir Blasmusik. Wir gingen den Klängen nach und landeten im Inneren des Hofbräuhauses. Dort trauten wir unseren Augen nicht: Die ganze Hochzeitsgesellschaft saß da und schunkelte.

Wir dachten nur: Die stören wir jetzt aber nicht.

Als wir uns gerade wieder aus dem Staub machen wollten, entdeckte uns der Onkel. „Machts euch koane Sorgn", sagte er.

Irgendwann kehrten die Hochzeitsgäste tatsächlich zurück ins Nebenzimmer. Jetzt waren wir dran. Und ließen uns nicht lumpen. Mit Ohrwürmern wie „Gloria" oder „Sempre, Sempre" lieferten wir das Kontrastprogramm zu Polka und Marschmusik.

Die Leute waren dankbar. Wir kamen prächtig über die Runden, spielten bis elf Uhr abends und kassierten die vereinbarte Gage.

Es war mehr als das Doppelte von dem, was wir üblicherweise verlangten.

Aber ganz ehrlich: Wenn die Mutter und ihre heiratswillige Tochter uns schon vor dem „dm" gesagt hätten, dass wir im Hofbräuhaus spielen sollen, hätten wir zwei Italiener uns das wahrscheinlich gar nicht getraut.

Denn bis dahin kannten wir dieses Etablissement höchstens vom Singen: „In München steht ein Hofbräuhaus."

Nun hatten wir das Abenteuer bestanden. Und die bis dahin fetteste Gage unserer Karriere eingestrichen. Obwohl: Womöglich waren solche Tarife in einer Stadt wie München damals schon an der Tagesordnung.

Wir haben es nie überprüft.

Der Wendehammer

Seit die beiden Italiener Claudio und Antonio, genannt Toni, das Münchner Hofbräuhaus erobert haben, sind 23 Jahre ins Land gezogen.

Mein Leben ist in dieser Zeit prima, ich möchte sagen, gesegnet, verlaufen.

Glücklich verheiratet, drei prächtige, mittlerweile erwachsene Kinder mit vernünftigen Berufen – genau wie es sich ein Vater wünscht. Und aus dem Sozialarbeiter Toni Vetrano, der sein Budget mit Tanzmusik aufhübschte, wurde zunächst der Bürgermeister von Durbach und anschließend der Oberbürgermeister von Kehl.

Außer dem Tod meines Vaters im November 2013, der für mich wenige Monate vor der OB-Wahl einen sehr schmerzhaften Verlust bedeutete, hatte es keine gravierenden Einschläge gegeben.

Mein Alltag war anspruchsvoll, herausfordernd, richtig anstrengend, aber vor allem inspirierend.

Am 4. März 2020 spürte ich, dass sich daran etwas ändern könnte. Der Sonnenschein war definitiv das Einzige, was an diesem Vorfrühlingstag freundlich wirkte.

Das rührte zum einen von der weltweiten Großwetterlage her. Seit Wochen schon arbeitete sich das Coronavirus von China ausgehend auf leisen Sohlen, aber unwiderstehlich in alle Erdteile vor. Nichts, aber auch gar nichts konnte diesen unbekannten, brandgefährlichen Krankheitserreger aufhalten. Zumal Maßnahmen zur Eindämmung weltweit weder einheitlich noch koordiniert und wenn überhaupt, dann nur zögernd erfolgten.

In Europa hatte das Virus zuerst in Italien zugeschlagen. Dort wurde ein fragiles Gesundheitssystem mit verheerender Wucht getroffen. Und wenn abends in der „tagesschau" und im „heute JOURNAL" Kolonnen von Lastwagen gezeigt wurden, die in Bergamo Leichen abtransportierten, lief es nicht nur mir eiskalt den Rücken hinunter.

Diese Horrorszenarien waren gerade mal 515 Kilometer entfernt.

Schon bald klopfte Corona auch in Kehl an die Tür. Das Elsass hatte sich rasant zum Hochrisikogebiet entwickelt. In Straßburg waren die Intensivstationen überlastet, lebensbedrohlich Erkrankte wurden bereits ausgeflogen, auch nach Baden-Württemberg. Als OB einer Grenzstadt saß ich nicht mehr im weichen Rathaus-Sessel, sondern auf glühenden Kohlen.

Aber all das war für mich weit weg am Nachmittag des 4. März. Denn da saß ich im Wartezimmer der Radiologie in Baden-Baden. Neben mir meine Frau Claudia.

Wir warteten auf das Ergebnis der Magnetresonanztomographie, kurz MRT, der ich mich unterzogen hatte. Es ging um die Prostata, die kastaniengroße Vorsteherdrüse unterhalb der Harnblase.

Die Tür des Sprechzimmers öffnete sich. Der Radiologe hieß Dr. Meier. Dass er aus Schutterwald kam, schuf eine gewisse Vertrautheit, die aber schnell an ihre Grenzen stieß, als er mit seinen Ausführungen begann. Er deutete mit dem Finger auf den Monitor: „Hier ist die Prostata. Da sieht man eine Vergrößerung, was aber nicht unnormal ist."

Das war der letzte Moment, in dem ich noch einen Reflex von Hoffnung hatte.

Dr. Meier fuhr fort, indem er auf eine Stelle wies, die ich mit meinem laienhaften Auge als helle Fläche beschrieben hätte. „Aber da ist was", hörte ich den Arzt sagen.

Und dann sprach er es aus, das scheußliche Wort, von dem jeder Mensch inständig hofft, es nie gesagt zu bekommen: „Es handelt sich um ein Karzinom."

Mir war, als ginge in meinem Kopf das Licht aus. Gleichzeitig fühlte es sich an, als wären da tausend Blitze.

Wie durch einen Schleier nahm ich wahr, dass Doktor Meier weiterredete: „Obwohl das Bild verwackelt ist, sieht man es deutlich", sagte er, „die Diagnose ist eindeutig."

Das war hart, aber klar.

Die Blitze in meinem Kopf waren Gedanken: Muss ich sterben ...? Chemo ...? Operation ...? Die Familie ... Das Rathaus ...

Als wir im Auto saßen, begriff ich allmählich: Du musst jetzt funktionieren! Konkret hieß das: Ich wählte die Nummer meiner Sekretärin und sagte meine Teilnahme an der für 17 Uhr anberaumten Sitzung des Ältestenrats ab. Dabei ging es um die Vorbereitung der nächsten Kehler Gemeinderatssitzung.

Das musste jetzt ohne mich laufen. Nicht absagen konnte ich dagegen den Abend. Denn mein Schwiegervater, mit dem wir unter einem Dach wohnten, hatte an diesem 4. März Geburtstag. Als wir nach Hause kamen, weihten wir meine Tochter ein, die gekommen war, um ihrem Opa zu gratulieren. Dann setzten wir uns zu Claudias Eltern und ihren Gästen. Ich versuchte, etwas zu essen.

Am nächsten Tag kam meine engste Rathaus-Mitarbeiterin zu mir ins Zimmer. Büroleiterin Annette Lipowsky sah mich nur an und sagte mir auf den Kopf zu: „Herr Vetrano, Ihnen geht's nicht gut, oder?"

„Richtig geraten", entgegnete ich.

Dann bat ich sie, Platz zu nehmen, und erzählte ihr alles. Danach war erst einmal Stille.

Im nächsten Schritt habe ich die Sekretärin sowie die Leiterin der zentralen Steuerung informiert. Auch dem Beigeordneten sagte ich, was Sache war. Es lag auf der Hand, dass ich den einen oder anderen Tag Auszeit benötigen würde – wegen der nächsten Schritte, die anstanden. Und dann mussten diese Menschen den Grund für meine Abwesenheit kennen.

Ich entschloss mich, im Rahmen der Notwendigkeit offensiv mit dem Thema umzugehen. Sonst wäre ohnehin nur spekuliert worden, und es hätte hinter vorgehaltener Hand geheißen: „Häsch scho ghört ...?"

Das Funktionieren blieb das Hauptthema in den ersten Tagen nach der Diagnose. Das äußere Funktionieren klappte zunächst besser als das innere. Aber mit der Zeit stellte sich eine Balance ein. Nur acht Tage später war mein 56. Geburtstag. Ausgerechnet an diesem Tag teilte mir die Bundespolizei unter dem Siegel der Verschwiegenheit mit, dass eine Grenzschließung in Kehl unmittelbar bevorstehe, ehe dieses superheikle Thema am Abend doch noch auf Eis gelegt wurde. Wenn auch nur für kurze Zeit.

Ich hatte in diesen Tagen kaum Zeit zum Nachdenken. Das half. Und es half wiederum nicht.

Denn eine Operation, so viel stand fest, ließ sich nicht umgehen. Trotzdem holte ich eine zweite Meinung ein, wozu auch mein Urologe geraten hatte. Und ich war sehr dankbar, dass sich mit Dr. Reinhard Groh eine echte Koryphäe Zeit für mich nahm, die er nur wegen des coronabedingten Lockdowns überhaupt hatte. Auf der Basis des MRT-Ergebnisses sprach er zwei Stunden lang mit mir über meine Erkrankung.

Das hatte zweifellos etwas Beruhigendes. Was auch nötig war, denn die Biopsie machte den Verdacht, dass es sich um einen bösartigen Tumor handeln könnte, zur Gewissheit. Jetzt musste und konnte die Operation geplant werden. Ab dem Moment war auch klar: Das ist jetzt ein Ziel! Da war ich innerlich nicht mehr auf der Welle: „Was passiert mit meinem Leben?", sondern dachte nur: „Hoffentlich geht die Operation gut!"

Auf das Konto „beruhigende Umstände" konnte ich auch das Ergebnis einer Blasenspiegelung verbuchen, die ergab, dass in meinem Fall die sogenannte Da-Vinci-Operationstechnik angewendet werden konnte. Das ist ein minimal-invasiver Eingriff mithilfe eines Roboters, der unter anderem den schmerzhaften Bauchschnitt überflüssig macht.

Als aus den Tagen nach der Diagnose Wochen wurden und ich auf die Operation wartete, lief die innere Auseinandersetzung mit dem Thema Krebs. Auch wenn du weißt, dass so eine Diagnose nicht gleichbedeutend mit einem Todesurteil ist, wirst du mit der Endlichkeit deines Lebens konfrontiert. Und diese Endlichkeit bekommt ein Gesicht.

Mir war relativ schnell klar: Die Wahrscheinlichkeit, an Prostatakrebs zu sterben, ist geringer als die, bei einem Verkehrsunfall ums Leben zu kommen. Und an so was denken wir ja gar nicht. Wir gehen nicht morgens aus dem Haus und sagen: „Hoffentlich überfährt mich kein Auto!" Wir sagen: „Hoffentlich stehe ich nicht im Stau!" Verunglücken ist keine Option. Ein Stück weit ist das ein Schutzmechanismus.

Die Ergebnisse einer PET-CT, ein noch präziseres Verfahren der Bildgebung als die MRT, nährten bei mir die Hoffnung, dass noch nichts gestreut hatte. Trotzdem lief in meinem Inneren eine Auseinandersetzung mit verschiedenen Fragen. Die Coronapandemie war sogar hilfreich in dieser Phase. Da viele Termine nicht stattfinden konnten oder online am frühen Abend über die Bühne gingen, musste ich nicht schon morgens um 7 Uhr im Anzug stecken. Ich hatte die Zeit, Arzttermine wahrzunehmen, konnte mich mit allem sorgfältig auseinandersetzen und emotional in einen geschützten Raum gehen.

Die klassische Frage in so einem Fall lautet: Warum ich? Diese Frage stellt sich jeder. Denn gefühlt betrifft es ja immer nur die anderen, wenn etwas Schlimmes passiert. Auch ich habe mir diese Frage gestellt. Aber sie war für mich schnell beantwortet. Aus zwei Gründen. Zum einen kommt an diesem Punkt mein Glaube ins Spiel. Ich stamme aus einer traditionell katholischen Familie, war Ministrant, bin durch meine Erziehung mit dem Thema Glaube in Berührung gekommen und habe für mich herausgefunden: Ja, da ist etwas. Da gibt es einen Gott, an den ich glaube. Dementsprechend ist die Bibel ein Leitfaden für mein Leben.

Und wenn ich die Worte von Jesus ernst nehme, als er vor seiner Kreuzigung gebetet hat: „Vater, nicht mein, sondern dein Wille geschehe" (Lukas 22, Vers 42), dann darf ich nicht sagen: Beim Thema Krebs gilt das für mich nicht. Dieses Bewusstsein hat mir manches erleichtert.

Zum anderen habe ich mich zu einer Abwandlung der Frage entschlossen, die dann lautete: Warum *nicht* ich?

Allein mit dem Blick auf die Statistik ist diese Frage total berechtigt. Prostatakrebs ist mit 22,7 Prozent die häufigste Krebserkrankung bei Männern in Deutschland. Und sie trifft in irgendeiner Form jeden dritten Mann irgendwann im Leben.

Im weiteren Verlauf der Auseinandersetzung kam der Gedanke: Gott sei Dank so und nicht schlimmer! Zu dieser Wahrnehmung trugen Begegnungen in den Wartezimmern der Ärzte oder der Klinik bei, wo man Menschen trifft, deren Schicksal ungleich härter ist und bei denen das Thema „letzte Hoffnung" die Hauptrolle spielt.

Zudem hatte ich selbst konkreten Anlass zu meiner Betrachtungsweise. Schließlich war es reiner Zufall oder vielmehr die Führung Gottes, dass meine Erkrankung überhaupt und dann auch noch rechtzeitig entdeckt worden war.

Das geschah so: Als OB von Kehl kam ich in den Genuss der sogenannten „Bürgermeister-Woche". Dieses Format wird vom Gemeindetag Baden-Württemberg angeboten und dient der Gesundheit der Stadtoberhäupter. 25 bis 30 Teilnehmer treffen sich fünf Tage lang in einer Kureinrichtung. Motto: raus

aus dem Hamsterrad! Der Aufenthalt umfasst drei Bereiche: Gesundheit, Fortbildung und Freizeit. Auch ein medizinischer Check gehört dazu.

Ende Januar 2020 nutzte ich dieses Angebot in der Mettnau-Klinik in Radolfzell. Bei der routinemäßigen Blutabnahme fragte die Ärztin: „Wurde bei Ihnen schon mal der PSA-Wert gemessen?" Meine Antwort lautete: „Jetzt, wo Sie das fragen, muss ich sagen: nein."

Für alle, die nicht im Thema sind – oder sein müssen: PSA ist ein häufig genutzter Laborparameter in der Prostatakrebsdiagnostik. Er ist aber nicht spezifisch für einen Tumor, sondern kann auch bei Entzündungen, gutartiger Prostatavergrößerung oder bei mechanischer Beanspruchung wie Radfahren ansteigen.

Die Ergebnisse der Blutuntersuchung bekam ich noch in Radolfzell. „Tja", sagte die Ärztin, „der PSA-Wert liegt mit 6,4 tatsächlich über der Norm von 4."

Das bedeutete: Ich musste mich nach meiner Rückkehr beim Urologen vorstellen. Und der äußerte bereits bei der Ultraschalluntersuchung der Prostata Bedenken: „Da könnte etwas sein." So kam es zur MRT am 4. März. Bei der zwar ein Karzinom entdeckt wurde, aber noch rechtzeitig genug, ehe es gestreut hatte.

Zwischen MRT und dem Eingriff verstrichen zweieinhalb Monate. In erster Linie deshalb, weil wegen der Pandemie zunächst nur Notoperationen durchgeführt wurden.

In dieser Zeit lernte ich mein bewährtes Rückhaltebecken „Familie" noch einmal ganz neu kennen. Bei allen wichtigen Arztterminen war meine Frau an meiner Seite. Claudia las sich in das Thema ein, stellte selbst Fragen und passte auf wie ein Luchs – nach dem Motto:

„Vier Ohren hören mehr als zwei". Sie war eine echte Säule für mich. In solchen Lebensphasen zeigt sich, wie stabil eine Beziehung ist. Aber auch der Support der Kinder, meines Bruders Paolo und der Freunde half sehr.

Dann war es soweit. Am 19. Mai brachte mich meine Frau morgens um 7 Uhr ins Klinikum Offenburg. Es ging schnell. Der Narkosearzt Dr. Friedrich Afflerbach kam. Dann war ich irgendwann weg – und wieder wach.

Was mich äußerst angenehm überraschte: Ich hatte kaum Schmerzen. Operateur Dr. Jörg Simon hatte mit der Da-Vinci-Methode ganze Arbeit geleistet. Die Pumpe mit dem Opioid an meinem Bett benutzte ich nur selten. „Toni, du hast ja noch die ganze Droge auf Vorrat", wunderte sich Dr. Reinhard Groh am nächsten Tag bei der Visite. Und es gab eine gute Nachricht: Die Lymphknoten waren frei von Tumorzellen.

Insgesamt verlief alles wirklich gut. Bereits am Samstagmorgen, also nur vier Tage nach der Operation, wurde ich entlassen. Als ich unser Haus in Rammersweier betrat, spürte ich zum ersten Mal seit Monaten ein Gefühl der Erleichterung. Der Rucksack war doch sehr schwer gewesen.

Ein großes Stück des steilen Weges, der zunächst voller Ungewissheit gewesen war, lag jetzt hinter mir. Und die Reha vor mir. Obwohl ich mich gut fühlte, entschied ich, diese drei Wochen in Anspruch zu nehmen. Ich hatte Glück und bekam einen Platz in der Durbacher Staufenburg-Klinik. Das bedeutete ein Heimspiel in jeder Hinsicht. Schließlich war ich dort zwölf Jahre lang Bürgermeister gewesen und die meisten mochten mich.

Außerdem hätte ich zu Fuß nach Hause laufen können. Wegen Corona war das Programm eingeschränkt, aber wesentliche Dinge wie Gymnastik und vor allem Beratung konnten stattfinden.

So eine Reha ist ein Ort der Stille und somit einer zum Nachdenken. Die langen Abende auf dem Zimmer, dazu noch das Besuchsverbot wegen Corona. Und meine Gedanken gingen auf die Reise. Nach dem Thema Endlichkeit kam die zweite drängende Frage, die nach dem „Weiter-so".

Überlegungen in dieser Richtung hatte ich schon einmal vor der Krebsdiagnose angestellt. Aber da war es eine rationale Frage der Lebensplanung gewesen: Soll ich mich im Frühjahr 2022 in Kehl zur Wiederwahl stellen und eine zweite Amtsperiode anstreben, an deren Ende ich dann 66 Jahre alt wäre? Oder gibt es eine neue Herausforderung in meinem Leben?

Über einen komplett neuen Lebensentwurf begann ich erst nach der Operation nachzudenken. Obwohl: Auslöser war nicht allein meine Krankheit. Während der Coronazeit, die durch die vielen gestrichenen Termine plötzlich freie Abende und komplett freie Wochenenden in mein Leben brachte und dadurch entschleunigend wirkte, gab es schon erste Überlegungen, beruflich einen Schlussstrich zu ziehen.

Die Diagnose verstärkte das dahingehend, dass ich mich fragte: Was machst du nun für den Rest deines Lebens?

An dem Punkt bist du plötzlich bei dem komischen Begriff „Restlaufzeit". Dir wird vollumfänglich bewusst, dass dein Leben endlich ist, völlig unabhängig von dieser Krankheit.

Genau genommen beginnt die Restlaufzeit bereits mit der Geburt. Und keiner weiß, wie lange sie dauert. Dieses Thema kriegst du weder mit dem Satz des Pythagoras gelöst noch mit einer Excel-Tabelle in den Griff.

Es geht über das Irdische hinaus. Deshalb bekommen auch andere Fragen eine neue Dimension. Zum Beispiel: Warum sind wir hier? Die vordergründige Antwort lautet: „Weil wir uns verabredet haben."

Aber die Frage ist doch: Warum existieren wir? Warum ist es so, wie es ist? Was ist der Sinn? Die Frage nach dem Sinn des Lebens muss etwas wirklich Zentrales sein – keine Floskel fürs Phrasenschwein.

Sinnstiftendes Tun taucht in diesem Zusammenhang ebenfalls auf. Mit Blick in den Rückspiegel kann ich sagen: Es gab keinen Tag in meinem Berufsleben, den ich nicht als sinnstiftend bezeichnen würde. Es war und ist für mich ein großes Privileg, mit und für Menschen arbeiten zu dürfen – angefangen mit der Zeit als Berater für den Caritasverband, über die verschiedenen Sozialberatungsstellen des Landratsamtes bis hin zu den Tätigkeiten eines Bürgermeisters.

Als ich zuerst in Hornberg kandidiert habe und später mit mehr Erfolg in Durbach, tauchte jeweils die Frage auf: Kann denn ein Sozialarbeiter Bürgermeister werden?

Das ist eine typisch deutsche Überlegung. Bei meiner ersten Begegnung mit Jean-Claude Fayemendie, dem Bürgermeister der Durbacher Partnerstadt Châteaubernard, fragte er: „Was haben Sie für einen Beruf?" Der für diesen Abend hinzugezogene Übersetzer Peter Klotter kam mir mit der Antwort zuvor und kommentierte sie zugleich: „Herr Vetrano hat für einen Bürgermeister einen ungewöhnlichen Beruf. Er ist Sozialarbeiter."

Worauf Fayemendie ganz trocken erwiderte: „Daran ist nichts unüblich. Für mich ist ein Bürgermeister grundsätzlich ein Sozialarbeiter."

Der Mann hatte mich verstanden.

Zurück zu meinen Grundsatzüberlegungen. Weder wollte ich nach meiner Prostata-Operation ein neues Leben beginnen noch kannte ich meine Restlaufzeit. Aber ich spürte, dass ich an einem Wendepunkt angelangt war. Aufgrund der Wucht der Diagnose könnte man auch Wendehammer sagen, wobei dieses Bild nicht komplett zutrifft. Denn mein Leben steckte keinesfalls in einer Sackgasse, an deren Ende sich zumindest verkehrstechnisch der Wendehammer befindet.

Wie dem auch sei. Ich sagte mir: Im Rahmen der medizinischen Möglichkeiten wird es Unterstützung geben, es kann Heilung geben. Aber die Seele will mir etwas sagen. Und damit begann ich mich auseinanderzusetzen – im Alltag, im Gebet, in der Reflexion.

Ich bin noch reflektierter geworden. Es kommt vor, dass ich morgens aufwache und sage: „Dankeschön, lieber Gott, dass ich aufwachen darf! Dass ich frühstücken und diesen Frieden genießen darf." Oder ich danke ihm für einen schönen Tag mit Freunden, mit der Familie. Oder für einen Auftrag, der mich weitergebracht hat, bei dem ich vielleicht etwas Gutes tun konnte.

Philosophie ist für mich nicht nur die Weisheit der alten Griechen wie Aristoteles oder Sokrates, die zu allem was Kluges sagen konnten. Für mich ist Philosophie die Auseinandersetzung mit dem eigenen

Leben, mit der Frage: Was mache ich eigentlich? Warum bin ich hier? Manchmal habe ich das Gefühl: Wir sind dermaßen professionalisiert und schaffen so viele Techniken wie Künstliche Intelligenz samt ChatGPT, dass wir darüber die Auseinandersetzung mit uns selbst vernachlässigen. Um es deutlich zu sagen: Der gehen die meisten Leute aus dem Weg.

Mich führt sie zum Thema Glaube und zu dem, was er für mich bedeutet. Um eines gleich klarzustellen: Natürlich tun mir die Nachrichten über die zahllosen Missbrauchsfälle in der katholischen Kirche in der Seele weh. Aber ich warne davor, deswegen den Glauben infrage zu stellen. Die Missbrauchsfälle und der Umgang der Kirche mit ihnen haben nullkommanull mit Gott zu tun. Die Verfehlungen, die passiert sind, kann man nicht Gott ankreiden oder seine eigene Unzulänglichkeit damit relativieren.

Glauben heißt in der Dialektik: bewusster Verzicht auf jegliche Beweisführung. Oder biblisch nach Hebräer 11, Vers 1: „Es ist aber der Glaube eine feste Zuversicht dessen, was man hofft, und ein Nichtzweifeln an dem, was man nicht sieht." Ich interpretiere das so: Glaube ist Vertrauen in das Unbekannte. Sprich: Vertrauen haben in das, was kommt. Also bedeutet der Glaube für mich: Gott vertrauen.

Daraus folgt für mich, in einen Zuversichtsmodus gehen zu können. Und bewusster zu leben. Das wiederum führt zu Dankbarkeit und Demut, dass es mir so gut geht. Was gar nicht selbstverständlich ist. Und es als Geschenk zu betrachten, dass ich nach 21 Jahren als Bürgermeister die Möglichkeit hatte, einen neuen Lebensentwurf in aller Ruhe vorzubereiten.

Als die Entscheidung heranreifte, bei der OB-Wahl in Kehl im April 2022 nicht mehr zu kandidieren, war das eine Frage des Festhaltens oder Loslassens. Das hatte ich schon einmal erlebt, als ich mich im Jahr 2013 entschieden habe, meinen Hut in Kehl in den Ring zu werfen und dafür das vertraute Durbach zu verlassen.

Mein Lieblingsgedicht ist „Stufen" von Hermann Hesse. Darin beschreibt der Missionarssohn und Literaturnobelpreisträger die Bereitschaft des Herzens, bei jeder Wendung des Lebens, sei es ein Abschied oder ein Neuanfang, mutig und ohne Trauer voranzuschreiten. Dabei betont er, dass jeder Neubeginn eine magische Kraft besitzt, die uns dabei unterstützt, das Leben zu meistern.

Daraus leite ich ab: Ein Neuanfang ist auch so etwas wie ein Schutz. Du bekommst einen Weg gezeigt. Einen Weg, den du gehst. Es bleibt die Frage: Ist das alles nach dem Motto „Dein Wille geschehe" schon festgelegt? Oder ist das Leben ein Prozess, in dem Gott das Drehbuch immer wieder neu schreibt?

Wie sagte doch der französische Mathematiker und Philosoph Blaise Pascal: „Willst du Gott zum Lachen bringen, erzähle ihm von deinen Plänen."

Die Coronazeit und meine Krankheit haben mir bewusst gemacht, dass das Leben endlich ist. Aufbauend auf diesen Gedanken, habe ich mir die Frage gestellt: „Gibt es noch etwas anderes, was ich tun möchte in meinem Leben?" Und die Antwort, die ich fand, lautete: „Ja, das gibt es."

Jetzt schreite ich voran mit dem Vertrauen in Gott, in das Unbekannte, das kommt. Unter anderem ist auf diesem Weg auch mein Büchlein entstanden. Es soll erzählen aus dem Leben des Sizilianers Antonio Maria Giuseppe Vetrano, der im Badner Land in Deutschland heimisch wurde.

Es sind Anekdoten, Begegnungen und Erlebnisse. Mit Menschen, mit dem Schicksal. Heiter und besinnlich. Aber stets zuversichtlich.

Tante Gertrud

Am 10. Oktober 2001, drei Tage nachdem mich die Menschen aus dem Weindorf Durbach zu ihrem Bürgermeister gewählt hatten, saß ich in meinem Büro und mir wurde langsam bewusst, an welchem Wendepunkt meines Lebens ich mit 37 Jahren angelangt war. Das Klingeln des Telefons riss mich jäh aus diesen Gedanken. Das Telefon klingelte andauernd in diesen Tagen.

Eine Frauenstimme meldete sich: „Baumann. Gertrud Baumann."

Dann zögerte sie einen Moment.

„Sprech' ich mit dem Antonio?", fragte sie vorsichtig, wurde dann aber gleich vertraulicher: „Bisch du's, Antonio?"

„Ja, ich bin es", antwortete ich.

Sie wollte mir zur Wahl gratulieren. Das finde sie einfach großartig, meinte sie.

Mein erster Reflex war ein völlig anderer: Um Himmels Willen, die lebt ja noch! Ums Haar wäre mir das genau so herausgerutscht.

Zum Glück kam ich gar nicht dazu, denn sie fragte: „Darf ich noch Antonio sagen?"

Freudig entgegnete ich: „Aber ja doch! Und ich darf sicherlich auch noch Tante Gertrud sagen?"

Um Tante Gertrud kreisen noch heute meine Kindheitsbilder. Bei anderen Menschen sind es Gerüche wie der vom Tannenbaum im weihnachtlich geschmückten Wohnzimmer. Oder Spielzeug – ein Teddybär, die Puppe.

Weihnachtszeit im Kindergarten in der Kronenstraße:
Tante Gertrud mit ihren Kindern

Bei mir ist es Tante Gertrud. Wenn ich an sie denke, ist es, als würde ich in ein Album blicken. Dann sehe ich diese Zweieinhalb-Zimmer-Wohnung in der Siedlung der Offenburger Spinnerei-Weberei vor mir, in der sich bei Regenwetter auf 70 Quadratmetern bis zu 40 Kinder tummelten. Sie bastelten, sangen, tanzten, malten oder spielten Lego.

Diese Wohnung in der Kronenstraße liegt in der Gegend, in der sich heute der OBI-Markt befindet. Sie sah mit den nichtssagenden Bildern an den Wänden aus wie das Wartezimmer eines Arztes in den 1970er-Jahren und war der Kindergarten für die Söhne und Töchter der Mitarbeiter der Spinnerei-Weberei. Heute würde man „betriebliche Kita" dazu sagen.

Alle tanzten nach der Pfeife von Tante Gertrud. Sie war die Kindergärtnerin und schmiss den Laden ganz allein. Auf die heutige Zeit gezoomt, war sie Fachkraft, Gruppenleiterin und Zweitkraft in einer Person.

Mein Vater arbeitete in der Spinnerei-Weberei. In der Siedlung nannten sie ihn „Pino". Er hieß Pellegrino. So wie der Fußballtrainer Pellegrino Matarazzo. Oder das berühmte italienische Mineralwasser San Pellegrino.

Pellegrino ist ein sizilianischer Name, der so viel bedeutet wie „Pilger" oder „Reisender".

Meine Familie stammt aus Caltabellotta, einer 3000-Einwohner-Gemeinde im Südwesten von Sizilien. Dort hatte mein Vater eine kleine Schneiderei. In den frühen 1960er-Jahren war es en vogue, sich die Anzüge nähen zu lassen. Deshalb gab es viele kleine Schneidereien, vermutlich ebenso viele wie Friseurläden oder Handwerksbetriebe.

Im Grunde war Caltabellotta von Offenburg so weit weg wie der Mars vom Mond. Und doch auch wieder nicht. Denn meine Großmutter hatte damals schon Bekannte in Offenburg.

Die erste Gastarbeiterwelle kam langsam ins Rollen. Das funktionierte so: In Italien gab's eine Vermittlungsstelle, wo die Leute medizinisch durchgecheckt wurden. Anschließend wurden sie nach München gebracht. Dort war der Sitz der zentralen deutschen Vermittlung. Den Rest erledigten die Arbeitsämter.

Parallel existierte ein Netzwerk der persönlichen Beziehungen. Wenn in einer Stadt oder einem Dorf, in dem schon italienische Gastarbeiter zugange waren, zusätzliche Kräfte gebraucht wurden, holte man aus deren Heimatort einfach welche dazu.

Auf diesem Weg kam meine Großmutter „Lilla" 1963 nach Offenburg. Ihr richtiger Name war Calogera. Das stammt aus dem Altgriechischen und bedeutet „schöner Greis". Ob „Lilla" eine schöne Frau war, weiß ich gar nicht mehr. Großvater war im Krieg gefallen. Und obwohl sie noch sehr jung war, als sie ihren Mann verlor, trug sie ihr Leben lang schwarze Kleidung, oft auch ein schwarzes Kopftuch. Und sie hat, wenn überhaupt, nur ganz selten gelacht. Was mich als Kind aber nicht störte, denn sie war sehr lieb zu mir. Ich war ihr Ein und Alles.

„Lilla" nahm Tante Maria, die jüngere Schwester meiner Mutter Lucrezia, mit nach Offenburg. Die *nonna*, so lautet das italienische Wort für Oma, hatte keinen Beruf erlernt. Sie versuchte sich in der Bahnhofskantine, während Tante Maria in der Spinnerei-Weberei unterkam.

An Weihnachten 1964 entschlossen sich meine Eltern, die beiden in Offenburg zu besuchen. Eine folgenschwere Idee ...

Der Plan war, ein paar Wochen zu bleiben. Ich war neun Monate alt. Und keiner ahnte auch nur im Geringsten, dass ein „für immer" daraus werden würde. Doch mein Vater fand Arbeit in der Spinnerei-Weberei. Er spann dort an der Maschine Fäden aus Wolle. So war die erste Rückkehr nach Sizilien keine Heimkehr, sondern der erste Urlaub meiner Eltern.

Die Übergangswohnung in der Oststadt war nur eine kurze Episode. Dann zogen wir auf die Kronenwiese. Die Wohnblocks dort hatte alle die Spinnerei-Weberei bauen lassen. Neben der italienischen Community gab es auch Spanier, Portugiesen, Griechen und später Jugoslawen und Türken. Das war Multikulti vom Feinsten.

Das heißt: Tante Gertrud hatte, ob sie wollte oder nicht, interkulturelle Kompetenzen. Es war ein christlich geprägter Kindergarten. Ich weiß noch, wo das Kreuz hing. Und vor dem Essen haben wir gebetet.

Tante Gertrud war streng, strahlte aber gleichzeitig Gelassenheit aus.

Wenn sie dreimal klatschte, haben wir Kinder uns sofort die Hände gewaschen. Aber wenn sie mal wegschaute, spritzten wir einander nass. Wehe, du wurdest erwischt!

Eine Geschichte werde ich nie vergessen. Wir Kinder hatten es drauf, uns gegenseitig die Schuhbänder aufzumachen. Aber im Kindergartenalter hat man noch größte Mühe, die Dinger wieder zuzubinden. Kurzum: Ich war mit meinen viereinhalb Jahren hoffnungslos überfordert. Aber Tante Gertrud kannte keine Gnade: „Wer es nicht schafft, seine Schuhe wieder zu schnüren, der darf auch nicht vespern!", verkündete sie. Natürlich erwischte sie mich mit offenen Schuhbändern. Das haftet mir wie Pech und Schwefel im Gedächtnis – aus zwei Gründen. Erstens hatte ich an diesem Tag einen Bärenhunger und durfte meinen Salami-Wecken nicht essen. Noch schlimmer aber war: Ich hatte eine Mordsangst, heimzugehen und meinen Eltern zu beichten: „Ich bringe das Vesper wieder mit. Denn ich durfte es nicht essen, weil ich einem anderen die Schuhbänder aufgemacht habe – und er mir."

Ich habe mich schier nicht nach Hause getraut.

Doch als es dann endlich raus war, was mir wie ein Kloß im Hals gesteckt hatte, konnten mein Vater und meine Mutter nicht mehr aufhören zu lachen. Ich habe schließlich mein Vesper mit Verspätung gegessen. Und mit noch viel größerem Appetit!

Meine Kindheit in der Siedlung auf der Kronenwiese zwischen Freiburger Straße und Zwingerpark war geprägt von schönen Erlebnissen mit viel menschlicher Nähe, aber auch von Entbehrungen, deren Härte ich erst mit den Jahren wirklich wahrnahm.

Am Sonntagmorgen stand immer eine Menschenschlange vor dem Block, in dem Manuel Pinto wohnte. Er war Portugiese und arbeitete als gelernter Friseur, ehe er bei der Spinnerei-Weberei anheuerte. Manuel hat der ganzen Siedlung die Haare geschnitten. Bei sich im Wohnzimmer. Er verlangte nur zwei Mark.

Solange ich im Kindergarten war, blieb uns allen ein Rätsel, woher der Nikolaus kam. Das war jedes Mal ein Riesending. Schon vier Wochen vorher wurden wir lammfromm, damit wir auch ja ein Geschenk bekamen.

Die Schuhe, die er füllen sollte, haben wir blitzeblank geputzt. Wenn der Nikolaus wieder weg war, mussten wir noch zwei Minuten warten, ehe wir das Zimmer verlassen durften. Dann haben wir ihn gesucht wie die Blöden – aber natürlich nie gefunden. Erst Jahre danach habe ich zufällig gesehen, wie er aus dem zweiten Stock herunterkam.

Als ich ein bisschen älter war, haben wir gekickt, bis wir todmüde ins Bett sanken. An den Garagen, auf den Wiesen, überall. Fußball mochte ich viel lieber als das langweilige Völkerballspiel, das Tante Gertrud ab und zu veranstaltete. Selbstverständlich gehörten auch Raufereien zum Tagesgeschäft. Aber richtig blutige Schlägereien, gar mit Polizei, gab es in der Siedlung nie.

Ein Angstfaktor war allerdings der nahe gelegene Uhlgraben. Die Jungs aus dem Brennpunktviertel hatten damals denselben Schulweg wie wir. Damit fing das Theater schon an. Es konnte passieren, dass wir unterwegs ordentlich Dresche bekamen. Manchmal waren auch wir in der Überzahl. Pech für die Uhlgräbler! Dann haben sie Land gewonnen oder waren brav. Kritisch wurde es auch im Winter. Da ging an der alten Mühle die Post ab, dort, wo jetzt das große Kino steht. Dort war unsere Schlittenpiste. Sobald der erste Schnee fiel, haben wir unseren geschützten Raum, die Kronenstraße, verlassen und sind durch den Zwingerpark zur Mühle. Das war ein kritischer Berührungspunkt mit den Jungs aus dem Uhlgraben.

So wie im Sommer das Stegermatt-Bad. Dort war es nicht ganz so heikel, weil der Bademeister eine so große Autorität besaß, dass alle strammstanden, wenn er seine

Trillerpfeife ertönen ließ. Was blieb, war ein mulmiges Gefühl auf dem Hin- und dem Heimweg.

Die Wohnungen in der Kronenstraße hatten kein fließendes Warmwasser. Auch kein Bad. Die Toilette war nicht beheizt. Um dorthin zu gelangen, mussten wir über den Balkon – auch im Winter bei minus zehn Grad. Gebadet wurde nur einmal in der Woche. Immer samstags. Und zwar im Volksbad im Untergeschoss der Georg-Monsch-Schule. Zuvor musste man einen Abrisszettel kaufen, wie im Schwimmbad oder im Fußball-Stadion, und dann warten, bis eine Kabine frei wurde. Zu Hause war nicht mehr drin als waschen mit Wasser, das auf dem Herd erwärmt wurde.

Die Zeit auf der Kronenwiese war auch geprägt von anstrengenden Auseinandersetzungen unsere Zukunft betreffend.

Deutschland oder doch Italien?

Das war für meine Eltern immer wieder ein Thema. Zunächst musste sich mein Vater entscheiden: Was wird aus der Schneiderei? Ruckzuck gingen zwei, drei Jahre ins Land, dann hatte sich das von allein erledigt. Doch es blieb die Frage: Gehen wir zurück, ehe wir vielleicht zurück müssen? Okay, es lief ganz gut. Aber: Es gab die erste Ölkrise, die ersten Arbeitslosen ...

Ich fand die Auseinandersetzung spannend. Heute weiß ich: Meine Eltern wussten selbst nicht, was sie wirklich wollten. Als ich sechs war, kehrten *nonna* „Lilla" und Tante Maria zurück nach Caltabellotta. Maria hat dort später geheiratet.

Der elementare Unterschied zur Migranten-Situation heute war damals: Wir waren keine Geflüchteten. Es gab eine deckungsgleiche Willenserklärung auf beiden

Seiten: Wir Deutsche brauchen euch befristet – und wir Gastarbeiter wollen nicht ewig bleiben. Das passte.

Mit der Zeit aber hat sich das geändert. Viele Gastarbeiter wollten doch nicht mehr weg. Und die Firmen sagten sich: Jetzt haben wir die Leute drei Jahre lang eingearbeitet. Wenn sie gehen, brauchen wir neue, das können wir uns gar nicht leisten. Also setzte man lieber auf Familienzusammenführung. Schon deswegen, damit die Männer nicht nur Karten spielten und ihr Geld in Flaschen investierten.

Während der ersten Offenburger Jahre hatten meine Eltern sogar noch ein Haus auf Sizilien an der Angel. Doch mein Vater verpasste den Notartermin, weil er krank war. Schließlich kümmerten sie sich nicht mehr darum.

Von 1970 bis 1974 besuchte ich die Grundschule in Offenburg. Da wurden die ersten Leitplanken für meinen Lebensentwurf gesetzt. Meine Mutter ging sehr umsichtig mit der Situation um. Einerseits legte sie großen Wert darauf, dass ich italienisch lesen und schreiben lernte. Das geschah zweimal die Woche in einem muttersprachlichen Unterricht, der vom Auswärtigen Amt angeboten wurde. Andererseits widersetzte sie sich der Empfehlung von Freunden, ich solle doch besser einen Vollzeit-Italienisch-Unterricht besuchen.

„Ich werde dafür sorgen, dass mein Kind so gut Italienisch kann, dass es sich leichttut, für den Fall, dass wir zurück müssen", sagte sie, „aber ich möchte auch, dass es so gut Deutsch lernt, um in Deutschland leben zu können."

Gleichzeitig spürten meine Eltern und ich den Drang, uns sozial zu verbessern. Als wir eine Wohnung in der Nordweststadt bekamen, lernten wir, wie es sich anfühlt, ein eigenes Bad zu haben. Trotzdem machte es was mit mir, als ich neue Schulfreunde besuchte, deren Väter Ärzte oder Unternehmer waren, und die ein eigenes Zimmer hatten. Sozialneid kam deshalb aber nicht auf! Denn jeder wusste, wo er herkam. Und das war okay.

Als ich 14 Jahre alt war und mein Bruder Paolo in den Kindergarten kam, war die Sache im Prinzip durch. Der kleine Paolo sprach fließend Deutsch. Und als ich mit 15 die neunte Klasse der Hauptschule besuchte, erklärte ich klipp und klar: „Wenn wir zurückkehren, dann gehe ich wieder nach Deutschland, sobald ich 18 bin!" Das nahmen meine Eltern ernst. So blieben wir alle in Deutschland.

Tante Gertrud war über all diesen Dingen ziemlich in Vergessenheit geraten. Ich wusste nur: Den Kindergarten hatte sie verlassen und war Haushälterin in der Pfarrei „Heilig-Kreuz" geworden. Mit 11 Jahren war ich Ministrant in dieser Kirchengemeinde. Eines Tages nach dem Gottesdienst stand sie plötzlich vor mir. Ich sagte: „Ah, guten Tag, Frau Baumann. Wie geht es Ihnen?"

Sie meinte nur: „Seit wann sagst du Frau Baumann zu mir?"

„Na ja, ich habe mich jetzt nicht getraut, Tante Gertrud zu sagen." Mit diesem Dialog fiel für viele Jahre der Vorhang, was mich und meine Kindergärtnerin betraf.

26 Jahre später gratulierte sie mir zur Wahl zum Bürgermeister von Durbach. Sie tauchte aus tiefster Versenkung auf, fast so, als würden Winnetou und Old Shatterhand, die Helden meiner Kindheit, plötzlich

lebendig vor mir stehen. Als wir die Formalitäten be-
züglich „Antonio" und „Tante Gertrud" ein für alle Mal
geklärt hatten, schlug sie vor: „Es wäre schön, wenn wir
uns mal sehen könnten." „Ja klar!", sagte ich.

Sie gab mir ihre Telefonnummer. Ein Jahr später rief
ich sie an. Sie kam mit einer Freundin nach Durbach.
Wir tranken Kaffee im Gasthaus „Rebstock". Es war
ein schöner Nachmittag. Tante Gertrud erzählte von
früher. Und sie brachte ein Bild mit. „Schau mal", sagte
sie, „da bist du drauf!" Ich betrachtete das vergilbte
Schwarz-Weiß-Foto und beschloss, nicht aus Höflich-
keit zu schwindeln. „Das ist lieb von dir, Tante Gertrud,
aber ich bin das nicht."

Sie sagte, sie wohne jetzt in Oberkirch, sie habe nicht
mehr in der Pfarrei arbeiten wollen. Später erfuhr ich,
dass sie noch eine Stelle als Kindergärtnerin in Wald-
kirch angenommen hatte – bis zu ihrer Pensionierung.
Danach war sie dort als Lese-Oma im Einsatz.

In meiner Durbacher Zeit habe ich sie noch einmal
angerufen. „Tante Gertrud", schlug ich vor, „ich würde
dich gerne besuchen." Doch sie gab mir einen Korb:
„Momentan geht's mir nicht so gut. Vielleicht ein an-
dermal."

Das klang sehr kühl in dem Moment. Ich war ein
bisschen traurig und enttäuscht, habe das aber so stehen
lassen. Dann sah ich ein: Man ist nicht immer gleich gut
drauf. Sie wird sich schon wieder melden, dachte ich.

Das dauerte aber bis zu meiner Wahl zum Oberbürgermeister von Kehl im März 2014. Sie hat mir in
einem Brief gratuliert.

Ab da lief der Kontakt über Gabi Ritter. Sie ist die
Frau von Otmar Ritter, dem Altbürgermeister von

Oberharmersbach. Sie war Kronensträßlerin wie ich und auch bei Tante Gertrud im Kindergarten. Von Gabi erfuhr ich, dass Tante Gertrud in ein Oberkircher Pflegeheim gezogen war. Sie ließ mich grüßen. Ich solle sie doch mal besuchen, irgendwann. Irgendwann ...

... war dann viele Jahre später. Exakt am 15. Juni 2022. Meine Zeit als OB von Kehl war vorbei. Und ich hatte begonnen, Dinge nachzuholen, die ich schon immer machen wollte. Also fuhr ich nach Oberkirch zum Pflegeheim und fragte nach Frau Baumann. Eine Pflegerin zeigte mir den Weg: „Wenn Sie reinkommen, sitzt sie gleich links."

Ja – und da saß tatsächlich Tante Gertrud. Von Gabi Ritter wusste ich, dass sie in der Zwischenzeit einen Schlaganfall erlitten hatte. Es war ein komisches Gefühl, als ich sie so dasitzen sah, aber gleichzeitig ein sehr schönes und inniges.

„Guten Tag, Frau Baumann, ich sag' jetzt lieber Tante Gertrud", fing ich an, „ich bin's, Antonio." Dann trat ich ein paar Schritte zurück und nahm die Maske ab, die ich wegen der Coronapandemie tragen musste.

Sie grüßte zurück, erkannte mich zuerst aber nicht. Dann jedoch machte es klick bei ihr. Wir unterhielten uns. Es war schön. „Schaust du fern?", fragte ich. „Nein, das geht mit den Augen nicht mehr so gut. Aber Nachrichten höre ich." Sie wusste Bescheid, was auf der Welt los war. Auch in der Ukraine.

Dann riskierte ich es: „Du, Tante Gertrud, darf ich fragen, wie alt du bist?"

„Hm", überlegte sie, „Jahrgang 1945."

„Das kann nicht sein", widersprach ich. Und merkte, das bringt jetzt nichts. Ich wechselte das Thema. Später nahm ich einen zweiten Anlauf: „Tante Gertrud, wann hast du eigentlich Geburtstag?" Die Antwort kam wie aus der Pistole geschossen: „Bald! Am 28. März."

„Na gut, das dauert aber noch eine Weile", gab ich zu bedenken, „aber wie alt bisch ...?"

„Neunundneunzig", sagte sie, diesmal ohne zu überlegen. Ich überschlug alles im Kopf und dachte, das könnte wohl hinkommen. Gabi Ritter bestätigte es später. Es stimmte tatsächlich.

Tante Gertrud hatte einen Joghurtbecher vor sich stehen und eine Schnabeltasse. Auf meine Frage, wie ihr das Essen schmecke, winkte sie nur ab. Ich fragte: „Aber Joghurt isst du doch gerne?" „Ja."

„Soll ich dir den Becher öffnen?", fragte ich. Und jetzt kommt's: „Ja", meinte sie, „aber nur, wenn du mich fütterst." „Das mach ich!", rief ich. Es war das Größte für mich. Überraschenderweise hatte ich keinerlei Berührungsängste. Es half natürlich, dass ich durch Hilfestellungen für meinen Vater und Schwiegervater mit solchen Dingen vertraut geworden war. Jetzt hatte ich tatsächlich die Möglichkeit, einer Frau, die ich schon 2001 tot geglaubt hatte, nochmal zu danken für die schöne Zeit im Kindergarten. Und gleichzeitig Dankbarkeit von ihr zu spüren.

Am 13. August, zwei Monate und zwei Tage nachdem wir uns gesehen hatten, ist Tante Gertrud gestorben. Die Nachricht erreichte mich im Urlaub in der Normandie. Die 100 hat sie nicht mehr geschafft, aber der Kreis zwischen ihr und mir hat sich bei meinem letzten Besuch geschlossen. Vom Salami-Wecken zum Joghurtbecher, wenn man so will. Das fand ich sehr berührend.

46 Stunden bis Caltabellotta

Der grandiose Anblick flasht mich jedes Mal aufs Neue. Und ich kann mich nicht daran sattsehen. Wenn die Küstenstraße von Sciacca nach Agrigento im Südwesten Siziliens den Blick freigibt auf die felsigen Berge, die sich 20 Kilometer im Landesinneren auftürmen, dann erkennt das Auge am Ende des Horizonts ein Dorf, das wie in Stein gemeißelt erscheint.

Die jahrhundertealten Häuser wurden hoch oben, 950 Meter über dem Meeresspiegel, in das Felsmassiv hineingepflanzt wie Nester von Mensch gewordenen Steinadlern. Und darüber thront eine Felsnase, die aussieht wie eine Miniaturausgabe des Zuckerhuts von Rio de Janeiro. Sie heißt schlicht und einfach „Il Pizzo" – die Spitze. Es braucht auch keine Seilbahn wie in Rio, um auf den Gipfel zu gelangen, man kann es bei halbwegs tauglicher Kondition gut zu Fuß schaffen.

Unterhalb von „Il Pizzo" befand sich im Altertum die sikulische Stadt Triokala, ein Umschlagsplatz für Sklaven. Später wurde diese Stadt von den Römern zerstört und anschließend von den Arabern neu erbaut. Sie gaben ihr den Namen Qal'at al-Ballut, was so viel bedeutete wie: die Eichenburg im Felsen. Die Araber glaubten, von dort aus die herannahenden Feinde rechtzeitig ausfindig machen zu können.

Schon im zwölften Jahrhundert hieß der Ort mit dem atemberaubenden Blick aufs Mittelmeer, wie er heute noch heißt: Caltabellotta. Dort wurde ich am 12. März 1964 geboren. Auch wenn ich erst neun Monate alt war, als meine Eltern mit mir zu einem als Urlaub geplanten Aufenthalt nach Deutschland ins badische Offenburg aufbrachen, von dem wir dann nur noch besuchsweise zurückgekehrt sind, ist das immer mein Caltabellotta geblieben.

Dieser zauberhaft gelegene Ort, den die Sizilianer „Il presebio" nennen, weil Caltabellotta nachts, wenn die Lichter brennen, tatsächlich wie eine Weihnachtskrippe aussieht, schafft es jedes Mal, dass mich die Emotionen übermannen. Selbst an dem berühmten Dichter und Naturforscher Johann Wolfgang von Goethe ging dieser Anblick nicht spurlos vorüber. 1787 beschrieb er in seiner „Italienischen Reise" die „wunderliche Felsenlage von Calata Bellotta".

Caltabellotta war und ist für mich Ritual pur. Und es passieren mir dort auch seltsam rituelle Dinge. An einem milden, sonnigen Spätsommertag im Oktober 2022 besuche ich Caltabellotta mit einem Freund. Wir folgen der Straße, die sich den Berg hochschlängelt und fahren durch St. Anna, ein vorgelagertes Dörfchen meines Heimatortes.

„Das Ebersweier von Caltabellotta", meint der ehemalige Durbacher Bürgermeister in mir.

Dann trete ich abrupt auf die Bremse. Denn vor einer Bar steht Jeanmike. Mein Freund aus Kindertagen. Wir haben uns beim Spielen auf der Straße kennengelernt, als ich mit meinen Eltern in Caltabellotta die Ferien verbrachte. Seine Mutter war Baronin und sein Vater ein Hallodri. Eine Zeitlang war Jeanmike sauer auf mich, weil seine damalige Freundin mit mir Tischfußball gespielt hatte, obwohl sie mich gar nicht kannte.

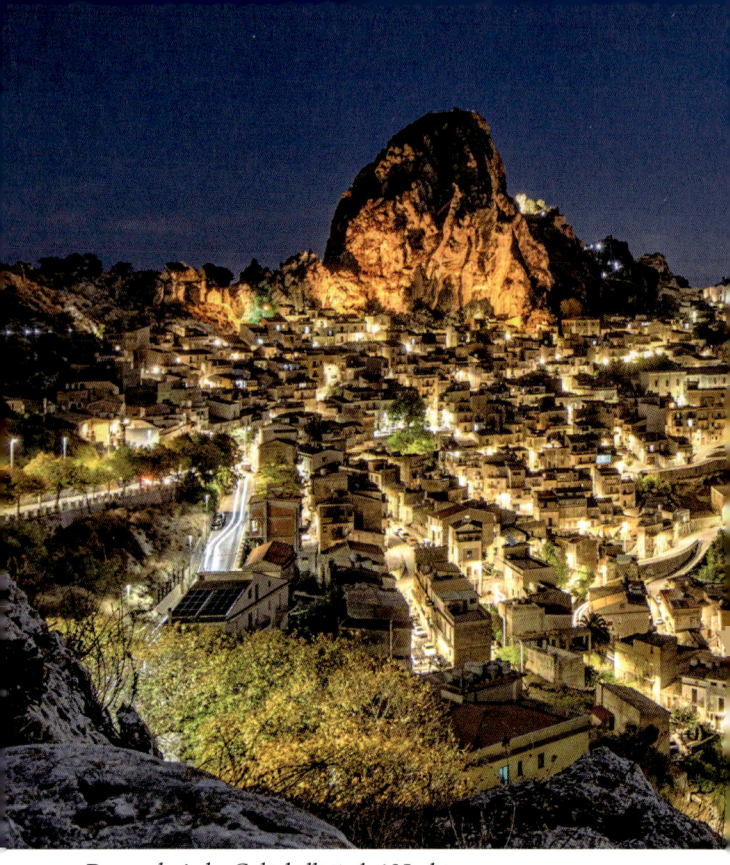

Das malerische Caltabellotta bei Nacht

Jeanmike Primo hat an diesem Vormittag im Oktober 2022 einen kalten Zigarillo-Stummel im Mundwinkel, und er trinkt Espresso. Ich steige aus und lasse den gemieteten Fiat Punto mitten auf der Straße stehen. Ein Unding in Deutschland. Hier ist das egal. Wir umarmen uns, und ich denke: „Das ist jetzt das dritte Mal ...“

Schon bei einem der Urlaube mit den Eltern war Jeanmike der erste Bekannte, der mir in Caltabellotta über den Weg gelaufen ist. Auch im Jahr 2010, als ich mit Claudio Versace mein Sizilien besuchte, traf ich zuallererst auf Jeanmike. Das war in der Pizzeria „San Pellegrino“. Und jetzt wieder.

Verrückt – oder? Wir trinken einen Espresso, und Jeanmike erzählt, dass er gerade die Bar renoviert. Er arbeitet als Maler.

Als ich zu meinem Begleiter ins Auto zurückkehre, sind sie wieder da, die Bilder aus der Kindheit, als wäre es erst vor zwei Wochen gewesen: die erste Reise von Offenburg nach Caltabellotta, an die ich mich erinnern kann. Ich war sieben Jahre alt. Wir schrieben also das Jahr 1971.

Damals war so eine Zugfahrt über zwei Nächte für einen Knirps wie mich noch viel aufregender als die erste Mondlandung zwei Jahre zuvor.

So eine Reise begann schon ein paar Wochen vorher: mit einem Brief. Denn Briefe waren in dieser Zeit die einzige Möglichkeit, zu *nonna* Lilla, meiner Oma, und *zia* Maria, meiner Tante, die in Caltabellotta lebten, Kontakt zu halten. Für uns Migranten war das Telefon damals ein Luxusgut. Man hat zwar für alles Mögliche Geld ausgegeben, aber ein Telefon, das war nicht in unserer DNA. Und selbst wenn wir eins gehabt hätten, die *nonna* hätten wir damit nicht anrufen können, denn sie hatte garantiert keines.

Also schreiben. Nur so konnten wir unseren Besuch ankündigen. Klassischer Termin: die Sommerferien. So ein Brief war zwischen drei Tagen und vier Wochen unterwegs. Je näher die Abfahrt rückte, desto größer wurde das Reisefieber. Dass es bald losgehen würde, erkannte ich spätestens daran, dass meine Mutter bei ALDI statt einer Tafel Schokolade 10 oder 20 in den Einkaufswagen packte. Schokolade war das klassische Mitbringsel. Obwohl wir wussten, dass sie bei der Hitze, die uns im Zug erwartete, zu 90 Prozent als Nutella ankommen würde. Zigaretten für die Männer, Schokolade für die Kinder. Und manchmal auch Zucker für alle, falls der auf Sizilien gerade knapp war. Mit diesen Dingen waren wir bewaffnet bis unter die Zähne, wenn es losging.

Drei, vier Tage vor der Abfahrt wurden die Koffer gepackt. Es konnte auch mal vorkommen, dass von den 20 Tafeln Schokolade nur 17 mitgingen, weil ich zuvor drei geklaut hatte. Hat prima geschmeckt ...!

Dann war der Moment endlich da: Das Taxi stand vor unserer Haustür in der Kronenstraße. Zum Bahnhof zu laufen, wäre ein Ding der Unmöglichkeit gewesen – bei dem Gepäck. Wir hatten ja nicht nur Koffer, sondern ein Bataillon von Päckchen und Paketen, die mit einer Schnur zusammengebunden waren. Ich schätze, der Fahrer hat schier einen Vogel gekriegt. Andererseits musste er wissen, was auf ihn wartete, wenn eine Migrantenfamilie ein Taxi zum Bahnhof bestellte.

Dort war mein Vater gefordert. Er musste das gesamte Gepäck zum Gleis hochschleppen. Das hieß: mindestens vier Mal laufen. Papa erledigte diesen Job mit „högschder" Disziplin, wie Jogi Löw sagen würde. Zumindest ließ er sich nichts anmerken. Und dann war sie da, diese Spannung: in 20 Minuten kommt der Zug, in 15 Minuten, in 10 Minuten ... Der Countdown passte, denn damals fuhren die Züge tatsächlich noch pünktlich auf die Minute.

Als das Abteil vollgepfropft war mit meinen Eltern, mir, den 12 bis 15 Gepäckstücken sowie einer weiteren mitreisenden Person samt Hab und Gut, und der Zug sich langsam und leise in Bewegung setzte, spürte ich diese Mischung aus Freude und Sehnsucht nach *nonna* Lilla und *zia* Maria, die bis vor Kurzem noch in Offenburg gelebt hatten. Ich konnte gerade noch erkennen, wie die Uhr auf dem Bahnhof Viertel nach sechs anzeigte. Um 18.15 Uhr starteten wir also unsere Mission Caltabellotta.

Nonna Lilla und *zia* Maria waren meine Bezugspersonen dort. Und ich wusste: Darüber hinaus würden uns locker 40, 45 Leute willkommen heißen. Allein die *nonna* hatte zehn Geschwister, die wiederum für ein Heer von Cousinen und Cousins gesorgt hatten.

Wir nahmen den Nachtzug, der uns ohne Umsteigen direkt nach Rom brachte. Einen Schlafwagen konnten wir uns allerdings nicht leisten. Aber ich war viel zu aufgedreht, um die Augen schließen zu können. Ich sog alles in mich auf: Freiburg war der erste Halt. Dann kam Basel, wo wir eine halbe Stunde lang festsaßen, bis der Zoll seinen Job erledigt hatte. Während sich der Zug durch die saftgrünen Wiesen der Schweiz schlängelte und ich die vielen Kühe auf der Weide sah, musste ich wieder an die Schokolade denken, die ich stibitzt hatte.

„*Mamma* hat gar nichts gesagt. Hat sie's wirklich nicht gemerkt?", überlegte ich und beschloss, weiterhin die Klappe zu halten.

Allmählich dämmerte es. Der Zug hielt selten in der Schweiz. Als wir den Scheiteltunnel der 1882 erbauten Gotthardbahn erreichten, war es draußen schon so finster, dass ich zuerst gar nicht wahrnahm, dass wir

Milano Centrale: Antonio am Mailänder Hauptbahnhof

unter dem Berg durchfuhren. Irgendwann konnte ich die Augen kaum noch offenhalten vor Müdigkeit. Gerade als ich am Einschlafen war, bemerkte ich, wie meine Eltern fast gleichzeitig an ihren Armbanduhren herumfummelten. Zuerst erschrak ich. „Was macht ihr denn da? Ist die Uhr kaputt?"

„Nein, nein", beruhigte mich *mamma*, „wir stellen sie nur eine Stunde vor." Soeben hatte der Zug die Grenze nach Italien überquert. Und in Chiasso gingen die Uhren anders. Italienische Sommerzeit. In Mailand stand der Zug eine halbe Stunde, bevor es weiterging. Lebendig wurde es im Abteil wieder, als wir in Florenz einliefen. Nachdem der Zug stand, wurde es auf dem Bahnsteig hektisch. Und vor allem: Papa war weg!

„Wo ist er?", fragte ich. Meine Mutter deutete nach draußen auf die Menschentrauben, die sich vor den

An der Wagontür steht einer der legendären facchini.

fliegenden Kiosken gebildet hatten. Händler boten den Reisenden im Vorbeigehen die drei Grundnahrungsmittel an: Wasser, Kaffee und Zigaretten. Plötzlich sah ich Papa in der dritten Reihe. Das beruhigte mich. Aber nur kurz. Denn dann pfiff der Schaffner, und mich durchzuckte es siedend heiß: „Was, wenn es Papa nicht rechtzeitig zurück in den Zug schafft?"

„*Mamma*, wir fahren!" rief ich entsetzt.

Tatsächlich setzte sich der Zug in Bewegung. Und von meinem Vater war weit und breit nichts zu sehen. Für mich begannen endlos lange und bange Minuten. Dabei nahm ich gar nicht wahr, dass meine Mutter ganz ruhig blieb. Endlich wurde die Tür zum Abteil aufgeschoben, und ich blickte in das Gesicht meines Vaters, der zwei Kaffeebecher in den Händen hielt. „Wo warst du?", rief ich. Dann erklärte er mir, dass er mit dem Einsteigen bis zum allerletzten Moment gewartet und den Weg zu unserem Abteil nicht auf dem Bahnsteig zurückgelegt hatte, sondern im Zug. Was aber den reinsten Spießrutenlauf bedeutet haben musste. Denn dieser Zug war dermaßen überladen, dass kaum noch ein Durchkommen war. Das begriff ich spätestens, als ich dringend pinkeln musste, aber nicht in die Toilette hineinkam, weil Reisende sie mit Gepäck vollgestopft hatten.

Doch Sehnsucht und Vorfreude auf Sizilien blendeten diese widrigen Umstände aus. Von der Affenhitze ganz zu schweigen, die sich im Zug ausbreitete wie eine Dampfwalze, je mehr sich der Tag den Mittagsstunden näherte. Eine Klimaanlage gehörte damals noch in die Kategorie Science-Fiction. Die Temperaturen kletterten Richtung 40 Grad. Fenster auf – dann zog es – also

Fenster wieder zu. Wir haben nach Luft gerungen und im eigenen Schweiß gebadet. Hinzu kam, dass die Männer geraucht haben wie Schlote, sogar auf den Gängen der Nichtraucherwagen.

Mamma mia!

Richtig spannend wurde es in Rom. Da mussten wir das erste Mal umsteigen. Und schlagartig drehte sich alles um die *facchini*. Bei meiner ersten Fahrt habe ich das noch nicht kapiert. Meine Mutter erklärte es mir später. *Facchini* waren die Gepäckträger. Nicht, dass jetzt mitten in der italienischen Hauptstadt plötzlich Wohlstand und Bequemlichkeit ausgebrochen wären. Nein, die *facchini* hatten auf dem Bahnhof den Hut auf. Denn sie verfügten über die Macht der Plätze. Ganz einfach deshalb: Bis Rom konnten wir unsere Plätze im Zug reservieren. Für die weitere Fahrt Richtung Süden war das nicht mehr möglich.

Nun hatten diese Herren Gepäckträger die Plätze quasi untereinander verhökert. Jeder *facchino* hatte Zugriff auf einen der Waggons. Hinzu kamen die unzähligen Gepäckstücke, die eilig von Gleis 3 nach Gleis 17 zu transportieren waren. Bei allem Respekt: Das hätte auch meinen Vater völlig überfordert, zumal es damals noch keine Gepäckwagen gab wie heute an den Bahnhöfen und Flughäfen.

Das Geschäftsmodell der *facchini* funktionierte so: Gegen ein Honorar, das sich aus Angebot und Nachfrage ergab, schleppten sie das Gepäck zum nächsten Gleis und vermittelten die Plätze im Anschlusszug. Das ging oft gut – manchmal aber auch nicht. Nicht gut hieß: Die Plätze waren bereits besetzt, als wir ankamen. Oder fürs Gepäck war kein Platz mehr, weil der Waggon überladen war. In diesem Fall wurde es im nächsten Waggon auf dem Gang deponiert. Was zu Komplikationen führen konnte. Wenn Leute in Neapel oder Salerno aussteigen wollten, mussten erst große Teile nach draußen geworfen werden, damit sich diese Fahrgäste einen Weg zum Ausgang bahnen konnten. Anschließend wurde das Gepäck dann wieder unsanft in den Zug befördert. Und der Schaffner konnte pfeifen, wie er wollte: Solange die Türen nicht zugingen, fuhr der Zug nicht ab.

Bis Neapel waren es nur zwei Stunden. Das flutschte. Doch danach wurde aus dem D-Zug ein Bummelzug. Er hielt gefühlt an jeder Milchkanne. Inzwischen war es zum zweiten Mal Nacht geworden. Gioia Tauro war der letzte Halt, ehe wir die Hafenstadt Villa San Giovanni erreichten. Von dort musste der Zug mit einer Fähre die „Straße von Messina" nach Sizilien überqueren, eine Meeresenge zwischen dem Festland und Sizilien.

Jetzt kam Leben in die Bude. Weil rangiert werden musste. Die Fähre war zwar riesig, doch sie verschluckte in ihrem Bauch nur die Hälfte unseres Zuges. Das heißt: Die andere Hälfte musste abgekoppelt werden. Eine Zugmaschine holte den hinteren Teil ab und schob ihn auf einem Parallelgleis in die Fähre. Beide Gleise lagen dicht an dicht, sodass man beim Aussteigen den Bauch einziehen und die Luft anhalten musste.

Nachts haben meine Mutter und ich das Abteil nicht verlassen. Mein Vater zwängte sich hinaus, ging an Deck und versorgte uns mit den legendären Arancini di Messina. Diese panierten Reisbällchen waren ein traditionelles Highlight auf unserer Reise. Die reine Überfahrt dauerte 45 Minuten. Aber mit dem Rangieren in beiden Häfen wurden zweieinhalb bis drei Stunden daraus. Der Abschnitt von Messina bis Palermo quer durch Sizilien entlang der Nordküste war die Krönung in Sachen Geduldsprobe. Hatte der Zug zuvor gefühlt an jeder Milchkanne gehalten, war es jetzt an jeder Haustür.

In Barcellona verließen wir die Provinz Messina. Irgendwann trudelte die Bahn tatsächlich in Palermo ein. Zu diesem Zeitpunkt hatten wir schon über 40 Stunden auf dem Buckel. Palermo war der Punkt, an dem man sich gesagt hat: Eigentlich haben wir's ja fast schon geschafft.

Doch die Fahrt war noch längst nicht zu Ende. Jetzt wurde es erst richtig abenteuerlich. Das Abenteuer hieß Busfahrt. Die Herausforderung waren die berüchtigten Taschendiebe. Jeder wusste, sie waren da. Getarnt als Fahrgäste mit Gepäck. Aber mit sämtlichen Tricks unterwegs und mit allen Wassern gewaschen.

Zunächst schlug noch einmal die Stunde der *facchini*. Es war unvorstellbar, ohne deren Hilfe mit dem gesamten Gepäck zum Bahnhofsplatz zu gelangen, von wo der Bus startete. Dementsprechend rustikal waren die Methoden. Den Preis galt es zu verhandeln: 500 bis 800 Lire.

Weil Palermo der Startbahnhof war, hatten wir einen Sitzplatz. Der bot nicht nur Komfort, sondern auch einen gewissen Schutz vor den Dieben. Denen ging es in erster Linie um Bargeld und Schmuck. Dabei spielte ihnen jede Art von Körperkontakt in die Karten – vor allem wenn die Menschen dicht aneinandergedrängt im Gang des Busses standen. Die Diebe wussten genau, dass die Migranten bei ihren Reisen in die Heimat ihre

Ersparnisse dabeihatten, denn es gab damals weder Kreditkarten noch ähnliche Bezahlsysteme. Niemand unternahm etwas gegen diese Taschendiebe. Wahrscheinlich steckte so etwas wie eine mafiöse Struktur dahinter. Einer der Busfahrer gestand meinem Vater einmal hinter vorgehaltener Hand: „Ich weiß, dass Diebe im Bus sind. Aber ich darf die Fahrgäste nicht warnen."

So lautete das Motto: Hilf dir selbst! Meine Eltern, die vor der Auswanderung nach Deutschland in Sizilien eine Schneiderei hatten, gingen auf Nummer sicher. Meine Mutter nähte das Bargeld in ihr Kleid und mein Vater in seine Hosentasche. Trotzdem blieb ein Restrisiko. Denn es war kein Geheimnis, dass die Taschendiebe mit Rasierklingen ausgerüstet waren, um ihre Beute aus dem Stoff herausschneiden zu können.

Ich war weniger mit diesen Kleinkriminellen beschäftigt, sondern vielmehr damit, die Orte zu zählen, in denen der Bus während seiner dreistündigen Tour in den Süden von Sizilien hielt. Zwischendurch machten wir eine halbe Stunde Pause. Ziemlich genau auf der Hälfte der Strecke liegt Corleone, eine Stadt, die den gleichen Namen trägt wie der berüchtigte Mafiaboss Don Vito Corleone in Mario Puzos Roman-Klassiker „Der Pate". In Corleone trank der Busfahrer seinen Kaffee. Und rauchte.

Kurz vor halb fünf war es so weit: Der Bus hielt an der Bar „Puccio" in Caltabellotta. Gute 46 Stunden lagen hinter uns, seit wir in Offenburg mit hochgradigem Reisefieber in den Zug gestiegen waren. Seither hatten wir nur wenige Stunden geschlafen, weder die Zähne geputzt noch geduscht.

Ich sah bereits durch die Scheibe, wie *nonna* Lilla und *zia* Maria an der Straße standen und freudig winkten. Die Emotionen waren so gewaltig, dass jede Müdigkeit verflog. Und man hatte auch das Gefühl, dass man nicht mehr stank. Ab jetzt gab es nur noch Wiedersehensfreude, Essen, Trinken – Zusammensein.

Jeder Tag in Caltabellotta war ein gefühlter Feiertag. Wir hatten eine eigene, das ganze Jahr über gemietete Wohnung. Die erste Woche stand ausschließlich im Zeichen der Besuche: Verwandte, Freunde, Leute, denen unsere Familie nahestand – wir haben alle abgeklappert. Das Drehbuch war improvisiert. Auf dem Weg zu Cousin Filippo schaute Cousine Iana aus dem Fenster und rief: „Oh, ihr seid schon da ...! Kommt doch schnell hoch!" Dann gab's Kaffee. Dann gab's Kekse. Und bei der letzten Station, dort, wo wir eigentlich eingeladen gewesen waren, hatten wir alles, bloß keinen Hunger mehr. Gegessen wurde trotzdem. Und der kleine Toni bekam immer was extra: Süßigkeiten, mal 100 Lire, mal 200 Lire. Die habe ich konsequent in den Flipper-Automaten investiert. Mit der Zeit konnte ich richtig gut flippern.

Der Standardsatz am Ende jedes Besuches lautete: „Bevor ihr abreist, sehen wir uns nochmal." – „*Certo!*"

So ewig die ersten drei Wochen mit den unzähligen Besuchen in Caltabellotta, aber auch mit dem Baden im Meer am Strand von Sciacca gedauert hatten, so ein hingehauchter Augenblick war die letzte Woche. Ich erlebte sie als traurige Zeit. Eigentlich wollte ich bei meiner Oma bleiben, aber jetzt, wo ich schon in der Schule war, freute ich mich auch auf Offenburg. Tatsächlich haben wir in der letzten Woche wieder

Bilder aus Offenburg

Mamma Lucrezia ...

Antonio vor der Haustür
in der Kronenstraße

*... hier mit zia Maria, nonna
Lilla und Antonio*

Antonio am Narrenbrunnen

Festessen: Antonio mit Papa

eine Tour gemacht, um uns von all den Leuten zu verabschieden. Ein bisschen hat das auch den Wohlstandsbauch meines Vaters erklärt.

Die Rückfahrt begann noch im Dunkeln. Aufstehen um 4 Uhr morgens. Der Bus startete um 5.30 Uhr an der Bar „Puccio". In dieser Nacht ging es mir nicht gut. Ich habe viel geweint. Aber die Eltern auch. Ich heulte tatsächlich bis unterhalb von Caltabellotta, dann aber habe ich den Schalter umgelegt und an Offenburg gedacht: an meine Freunde in der Kronenstraße, den Schulweg, die Prügeleien mit den Uhlgräblern – das ganze Programm. Ich glaube, meine Eltern haben unterwegs viel länger gelitten.

Als wir zurück in Offenburg waren, mussten wir wieder einen Brief nach Sizilien schreiben – dass wir gut angekommen waren. In den Jahren danach war das schnellste Kommunikationsmittel das Telegramm. Damit konnte man eine Nachricht innerhalb von ein bis zwei Stunden übermitteln. So ein Telegramm brachte der Postbote direkt an die Haustür. Wenn's sein musste, auch noch abends um 22 Uhr. Aber es war schweineteuer. 20 Mark für zwei Sätze. Das war eine Menge Geld.

Wir haben oft nur zwei Worte geschrieben: „Arriviamo lunedì." – „Wir kommen am Montag an." Und wenn wir ein Telegramm bekamen, war das meistens mit einer schlechten Nachricht verbunden. Nicht, dass es regnet, sondern es ging dann um eine schwere Erkrankung oder den Tod. Als meine Großmutter väterlicherseits, nonna Pina, 1975 einen Schlaganfall erlitten hatte, stand im Telegramm: „Mamma gravissima." – „Mama ernsthaft erkrankt". Doch mein Vater konnte dann nicht anrufen und fragen: „Was ist los? Wie geht es ihr?" Seine Eltern besaßen kein Telefon. Stattdessen setzte er sich sofort in den Zug und fuhr los. 46 Stunden bis Caltabellotta.

Nonna Pina erholte sich wieder, ihr Zustand schien stabil. Es war der Januar des folgenden Jahres, und *nonna* Lilla, die andere Oma, wollte uns in Offenburg besuchen. Wir warteten stündlich auf ein Telegramm von ihr mit der genauen Ankunftszeit. Um 16 Uhr klingelte es. Mein Vater öffnete die Tür, sah den Postboten, nahm das Telegramm in Empfang und öffnete es. Doch plötzlich erstarrte sein Blick, und er wurde blass. Für eine Weile verschwand er allein im Schlafzimmer. Meine Mutter war noch bei der Arbeit. Als er zurückkehrte, nahm er mich in den Arm und sagte mir, was in dem Telegramm stand: „*Mamma deceduta.*" Seine Mutter war gestorben.

Nur eine Stunde später klingelte es erneut an der Tür. Der Postbote brachte das nächste Telegramm. „*Nonna arriva lunedì.*" – Oma kommt am Montag. Sie traf noch am selben Abend dieses denkwürdigen Tages ein, an dem wir eine frohe Nachricht erwartet und eine ganz furchtbare erhalten hatten. *Nonna* Lilla hatte in Caltabellotta gehört, dass es *nonna* Pina schlecht ging und man mit dem Schlimmsten rechnete. Aber sie wollte nicht diejenige sein, die uns diese Nachricht überbringt.

Meine Eltern bestellten danach ziemlich schnell ein Telefon. Mit Telegrammen wollten sie nichts mehr zu tun haben.

Lo Snob – der Schnösel

An einem Abend im August 2006 saß ich auf der Terrasse unseres Hauses in Rammersweier. Ich liebe diese warmen Sommernächte, wenn die bleierne Hitze des Tages einem lauen Lüftchen weicht, das auch den Stress des Tages aus den Gedanken weht. Diese letzte Stunde vor dem Schlafengehen, wenn das Handy schwieg und die Kinder im Bett waren, genoss ich ganz besonders zusammen mit meiner Frau, für die ich nun wieder mehr Zeit hatte. Denn ich war inzwischen angekommen als Bürgermeister in Durbach, und die Dinge waren im Fluss.

Claudia nippte an ihrem Weinglas und sagte unvermittelt: „Ich glaube, du musst mal wieder nach Caltabellotta." Sie hatte „du" gesagt, nicht „wir". Aber ich hatte nicht das Gefühl, dass sie mich wegschicken wollte, um eine Weile ihre Ruhe zu haben.

„Stimmt", antwortete ich, „ich bin lange nicht mehr dort gewesen."

Die Erinnerung ratterte in meinem Kopf, und ich zählte acht Jahre Abstinenz. 1998, nach der Fußball-WM in Frankreich, musste das letzte Mal gewesen sein. Mit dem Auto. Julia, unsere jüngste Tochter, war noch keine zwei Jahre alt, Christina drei und Marcel fünf. Wir bauten Übernachtungen in der Toskana und Kalabrien ein. Eine wunderschöne Tour. Ganz entspannt.

Später hatte es sich nicht mehr ergeben. Die familiären Kontakte hatten nachgelassen, seit die Großeltern gestorben waren. Mit meinen Freunden Jeanmike,

Alessandro und Giuseppe telefonierte ich immerhin sporadisch. Aber das war kein Vergleich zu den heutigen Möglichkeiten wie Facebook, WhatsApp und all den E-Mails.

Meine Frau hatte das richtige Näschen. Im Oktober flog ich für eine Woche nach Sizilien.

Das Wiedersehen nach der langen Zeit war schön. Und alles war anders. Jeanmike und Alessandro hatten plötzlich Familie. Wie ich auch. Meine Ferien-Clique von früher hatte eine Überraschung geplant.

Wir waren um 21 Uhr verabredet, und für sizilianische Verhältnisse kamen sie sogar pünktlich. Dann fuhren wir nach Selinunte, das cirka 50 Kilometer westlich von Caltabellotta liegt. Dort wurde aufgetischt. Und wie!

Ein Galadinner vom Feinsten. Ein Wiedersehensfest, wie ich es mir niemals vorgestellt hätte.

Wobei ich mit der Zeit schon gespürt habe: Sie waren ein bisschen stolz darauf, dass einer von ihnen Bürgermeister in Deutschland geworden war. Ich wage zu behaupten: Dieses Fest wäre anders ausgefallen, wenn ich nicht Bürgermeister gewesen wäre. Egal. Mir hätten eine Pizza und ein Glas Wein gereicht. Die Wiedersehensfreude wäre für mich dieselbe gewesen.

Die Gespräche waren lang und gut, der Abend einfach nur schön. Dann rückten sie allmählich mit einem Thema heraus, das in Caltabellotta offenbar schon beschlossene Sache war: Sie wollten Kontakt mit Durbach aufnehmen. Auch wenn sie es nicht direkt aussprachen, war mir klar, worauf es zielte: eine Städtepartnerschaft zwischen Caltabellotta und Durbach.

So lief der Hase also.

Ich glaube, wenn ich das gewollt hätte, dann hätte ich es politisch sogar durchbekommen. Aber ich wollte nicht. Und ich wusste genau, warum.

Erstens: Mit einer Städtepartnerschaft legt sich eine Kommune fest, was die Vergabe von Anlässen betrifft. Und man hat nicht mehr den Freiraum, andere Kommunen kennenzulernen.

Zweitens: Städtepartnerschaften sind ein Relikt aus einer Zeit, in der man dadurch die exklusive Möglichkeit erhielt, in ein anderes Land zu reisen. Heute schert das die jungen Leute einen feuchten Kehricht. Die tingeln längst auf eigene Faust bis nach Neuseeland.

Drittens: Im Falle einer solchen Partnerschaft wäre ich als Bürgermeister gleichzeitig Organisationsleiter, Reiseleiter und vor allem Dolmetscher gewesen. Im Übrigen hatte ich schon Städtepartnerschaften kennengelernt, die sich auf die Freundschaft der Bürgermeister und ihrer Delegationen reduzierten.

Gründe genug, ausweichend zu reagieren: „Na ja, da muss man mal drüber reden", sagte ich. Doch für mich stand fest: Ich war noch viel zu frisch in Durbach im Amt. Ich wollte mich als Bürgermeister erst um andere Dinge kümmern und mir nicht Caltabellotta ans Bein binden. Sie haben auch nie mehr danach gefragt.

Ein Jahr später traten Freunde meiner Freunde mit einer anderen Idee an mich heran: „Wir würden gerne in Durbach unsere sizilianischen Produkte anbieten!" Das war mit dem Rathaus von Caltabellotta abgesprochen, und die Administration dort wollte es. Olivenöl sollte in Durbach verkauft werden, auch Orangen, Marmelade, Gewürze – gleichzeitig sollte Caltabellotta für Touristen bekannt gemacht werden. Spätestens jetzt

wurde es heikel. Denn ich widersprach erneut: „Leute",
sagte ich, „das ist schön und gut, aber das funktioniert
nicht."

Ich versuchte, ihnen zu erklären, was dagegensprach.
Ich hätte lediglich den Bauernmarkt in Durbach anbie-
ten können – und der findet nur an einem Samstag im
September von 8 bis 13 Uhr statt. Oder einen anderen
Samstagnachmittag in der Winzergenossenschaft.
„Aber samstags arbeiten die Menschen in Durbach",
sagte ich, „und in der Zeit, in der ihr kommen wollt,
ackern sie in den Reben." Doch alle meine schlüssigen
Argumente waren für die Leute aus Caltabellotta nur
ein Vorwand. Ich wusste genau, was sie dachten: „Unser
Toni Vetrano aus Caltabellotta, der will das nicht."

Ich spürte, wie enttäuscht sie waren.

Das ließ mir keine Ruhe, ich informierte mich und
machte einen anderen Vorschlag: „Ihr gehört mit eu-
rem Sortiment auf die Gastronomie-Messe HOGA in
Nürnberg." Ich bot an, sie dabei zu unterstützen. Mit
dem Übersetzen von Briefen und Ähnlichem. Dann
hatte ich noch eine Idee: „Es gibt da etwas, das ich zwar
nicht für die optimale Lösung halte, was aber zehnmal
besser passt, als in Durbach einen Tag lang auf dem
Markt zu stehen: die Oberrheinmesse in Offenburg!"

Ich wusste, dass Pietra Ligure zu der Zeit schon auf
dieser Ortenauer Herbstmesse ausgestellt hatte. Und
tatsächlich bissen meine Sizilianer aus Caltabellotta
an. Dann kam Conny Fischer aus Zell-Weierbach ins
Spiel. Sie lebte mit ihrem Mann Luciano Benfari in
Caltabellotta. Sie hat die ganze Geschichte in die Hand
genommen und mit der Messe Offenburg alles koordiniert. Gott sei Dank! Denn die unzähligen Stunden,

die ich sonst am Telefon gehangen hätte, nahm sie mir damit ab. Conny buchte die Hotelzimmer, verhandelte die Standgebühren – und ich war fein raus.

Dann war es so weit: Oberrheinmesse 2007. Samstag, 29. September. Als Bürgermeister hatte ich eine Einladung zur Eröffnung. Schon aus dem Auto heraus sah ich, wie einige Caltabellottesi Richtung Messe marschierten. Aber ich habe nicht angehalten. Stattdessen kreuzte ich beim Messe-Rundgang, der im Anschluss an die Eröffnung stattfand, unangekündigt am Caltabellotta-Stand auf. Sie begrüßten mich: „Ciao Toni, schön, dich zu sehen!"

Aber ich sah ihnen an der Nasenspitze an, was sie dachten: Toni Vetrano, dieser Schnösel. „Lo Snob", wie der Italiener sagt. Sie hatten nicht damit gerechnet, dass ich mich auch nur einen Tag sehen lassen, geschweige denn sie auf der Messe besuchen würde. Vielleicht dachten sie: „Der ist jetzt was Besseres." So wie in Italien mancher *sindaco*, das heißt Bürgermeister, vergisst, seine Wähler zu grüßen, wenn er erst mal im Amt ist.

Wie auch immer. Ich setzte mich zu ihnen. Aber nach kurzer Zeit stand Calogero Pumilia, der Bürgermeister von Caltabellotta, auf und sagte: „Ich möchte ins Hotel, um mich ein bisschen auszuruhen." Dann fragte er mich: „Fährt ein Bus? Oder muss ich ein Taxi nehmen?" Das war, als würde er mich mit einem Steilpass in die Schnittstelle der Abwehr schicken.

Und ich leistete mir in der nächsten Sekunde einen kleinen Tabubruch. Es ist nicht üblich, dass ein jüngerer Bürgermeister den älteren Bürgermeister duzt. Signor Pumilia hatte in etwa das Alter meiner Mutter. Außerdem war er Mitglied des italienischen Senats und

Staatssekretär unter Ministerpräsident Giulio Andreotti. Ein ziemlich hohes Tier also.

Trotzdem fragte ich: „*Sindaco*, können wir Du sagen?" Natürlich hat er dann „si", also „ja", gesagt. Gepasst hat es ihm aber nicht. „*Sindaco*, ich fahre dich ins Hotel", lautete mein nächster Satz. Er konnte seine Überraschung nicht verbergen. Ich chauffierte ihn ins Hotel „Union" am Bahnhof und hatte zuvor dem Rest der Delegation angekündigt: „Ich hole euch um 14 Uhr draußen vor der Messe ab." Was ich vorhatte, behielt ich für mich.

Diese Delegation bestand aus fünf Personen und stellte quasi das Außenministerium von Caltabellotta dar. Neben dem Bürgermeister waren sein Assessor, die Beigeordnete für Tourismus, der Beigeordnete für Landwirtschaft sowie der Forstchef am Start.

Ich lud den *sindaco* am Hotel ab, und mir war klar: Jetzt musste ich kräftig improvisieren. Nachher fünf Leute befördern – wie sollte das gehen? In meinem Chrysler war wegen der Kinder alles Mögliche ausgebaut. Ich rief den Feuerwehrkommandanten von Durbach an: „Markus, kann ich heute Nachmittag den Mannschaftstransportwagen haben?"

„Kein Problem", sagte er. Also holte ich den Fiat Ducato ab – und jetzt kommt's: Auf der Seitenfläche war in großen Zahlen die Notrufnummer 112 lackiert. Blaulicht hatte der Wagen auch. Dazu muss man wissen: In Italien gibt es keine 110, nur die 112. Wenn die anrückt, wissen die Menschen: Jetzt ist was passiert! Ein Unfall, ein Brand, auf alle Fälle was Schlimmes.

Als ich Punkt 14 Uhr vor der Messe aufkreuzte, haben sie schier einen Kollaps gekriegt. Ein Feuerwehrwagen hielt direkt vor ihnen. Kommt jetzt gleich noch die Polizei, überlegten sie. Und dann steigt der Toni aus ...

Dass sie nicht Samba getanzt haben, war alles. Sie haben sich gekringelt vor Lachen. So eine Nummer – das hätten sie nicht für möglich gehalten. Wir fuhren zum Hotel, um den *sindaco* abzuholen. Auch der guckte ziemlich blöd aus der Wäsche, als er den Feuerwehrwagen sah.

Dann ging es ab nach Durbach. Als wir aus dem Rammersweierer Wald hinauskamen und der Blick auf den großen Weinberg frei wurde, gerieten meine Gäste spontan ins Schwärmen: „Was für ein Spektakel, diese Reben!" Die erste Station, die ein Durbacher Bürgermeister ansteuert, wenn er seine Besucher flashen will, ist Schloss Staufenberg. Dort hatte ich einen kleinen Umtrunk organisiert. Dann ging es ab in die Reben – mit zwei Landwirten. Wir zeigten ihnen „unseren" Riesling. Ich bin weder Winzer noch Wein-Experte. Trotzdem konnte ich ein bisschen was dazu sagen.

Logisch, dass der nächste Programmpunkt eine Weinprobe in der Winzergenossenschaft war. Dafür hatte ich stante pede den Gmeiner-Schorsch engagiert. Er war der WG-Vorsitzende, und wenn er eine Weinprobe hielt, war das Kabarett pur. Und ich gab alles, um seine Pointen einigermaßen ins Italienische zu transportieren. Auch der WG-Geschäftsführer spielte prima mit. „Drei Weinsorten probieren wir", hatte ich meinen Sizilianern angekündigt. Am Ende wurden es 15. Sie waren von den Socken.

Jetzt wurde es höchste Zeit für feste Nahrung. Wir tafelten im „Ritter" in Durbach – ich hatte alles organisiert. Und zum Abschluss ging ich mit dem „Außenministerium" von Caltabellotta aufs Ortenauer Weinfest in Offenburg. Spätestens dort war das Eis endgültig gebrochen – und aus „Lo Snob", dem Schnösel war Toni geworden.

Auf dem Weinfest traf Caltabellotta auf Pietra Ligure. Denn an diesem Tag wurde deren Städtepartnerschaft mit Offenburg besiegelt. Meine Leute hatten riesigen Spaß, es gab tolle Gespräche. Irgendwann war für mich Schicht im Schacht: „Ich fahre euch nicht mehr ins Hotel", sagte ich und deutete mit der Hand Richtung Bahnhof: „Immer geradeaus!" Zum Schluss fragte ich: „Wollt ihr morgen auf die Messe oder was besichtigen?" Einstimmige Antwort: „Wir wollen nach Freiburg und nach Straßburg!"

Punkt 8.30 Uhr stand ich am Bahnhof und löste die Karten für die Fahrt nach Freiburg. Sie verbrachten den ganzen Tag dort. Ohne mich – ich musste zwischendurch mal Luft holen. Sie kehrten begeistert zurück und machten sich am nächsten Morgen auf den Weg nach Straßburg. Dort brauchten sie mich auch nicht mehr, es genügte vollauf, dass ich ihnen den Weg erklärte.

Am Abend, bevor *sindaco* Pumilia mit seiner Abordnung die Rückreise nach Sizilien antrat, lud er mich zum Essen ein. „Such' dir ein Restaurant aus", sagte er, wir kommen dorthin. Und ich lege Wert darauf, dass dein Papa und deine *mamma* mitkommen." Meine Eltern kannten Pumilia von früher, als sie noch in Caltabellotta lebten.

Ich entschied mich für das Restaurant „Belzbach" in Bohlsbach. Ich war oft dort bei Marian Simundic. „Marian", sagte ich, „du bist immer super, aber heute, da legst du noch eine Schippe drauf ...!" Er ließ sich nicht lumpen. Seine Frau Marija kocht kroatisch – Fisch, Cevapcici, Gemüse. Ich habe mal gesagt: „Wenn Marija kocht, verzichte ich ein Jahr lang auf die italienische Küche. Aber nur ein Jahr ..."

Das Essen war sensationell. Und der *sindaco* hielt eine lange Rede. Er sagte: „Toni, eigentlich muss ich mich bei dir entschuldigen."

„Warum?", unterbrach ich ihn, „du hast mir doch nichts getan."

„Weil ich schlecht über dich gedacht habe", sagte Calogero Pumilia. „Wir haben geglaubt, dass du kein Interesse hast, uns und deinen Heimatort Caltabellotta in irgendeiner Weise zu repräsentieren. Aber das, was wir in den letzten drei Tagen mit dir erlebt haben, ist unbezahlbar, das kann man nirgendwo kaufen!" Er sei überzeugt, schloss der *sindaco*, dass es dabei nicht bleiben werde. „Wir werden noch viel Freude miteinander haben", verkündete Calogera Pumilia.

Am nächsten Morgen reiste die Delegation ab, aber vier Landwirte aus Caltabellotta harrten bis zum Ende der Oberrheinmesse aus, um den Stand zu betreuen und Olivenöl zu verkaufen. Es ergab sich, dass ich einen von ihnen zum Abendessen in die „Krone" nach Ortenberg mitnahm. Wir plauderten im Auto über meine Tätigkeit und über Politik. Giovanni überlegte: „Ich kenne keinen deutschen Politiker." Dann aber fiel ihm ein: „Doch, da gibt es einen, der im Rollstuhl sitzt."

„Genau", sagte ich, „du meinst unseren Innenminister Wolfgang Schäuble." „Si", lachte Giovanni, „Scheibele ..." „Den kenne ich gut", sagte ich, „er ist Bundestagsabgeordneter unseres Wahlkreises und bei derselben

Partei wie ich, bei der CDU." Giovanni schaute mich an, als wollte ich mich für die Olympischen Spiele der Aufschneider und Angeber qualifizieren.

Kaum hatten wir in der „Krone" Platz genommen, kam die Chefin aufgeregt angerannt. „Das tut mir leid, Herr Vetrano", sagte Lioba, „aber diesen Tisch kann ich Ihnen leider nicht geben. Den habe ich für Herrn Schäuble reserviert. Der hat vor zehn Minuten angerufen."

„Kein Problem", sagte ich und konnte das Grinsen nicht aus meinem Gesicht vertreiben. Kaum saßen wir am Nebentisch, ging die Tür auf, und der Innenminister rollte ins Lokal herein. Ich stand auf. Wir begrüßten uns herzlich, wechselten ein paar Worte miteinander, und ich stellte ihm Giovanni vor. Für einen Moment befürchtete ich einen akuten Fall von Maulstarre – so weit aufgerissen war der staunende Mund meines neuen Bekannten aus Caltabellotta.

Ich glaube, jetzt hatte ich auch am Olivenöl-Stand ein Standing.

Überhaupt: Es lief, was die Verbindung zu meinem Heimatland Italien betraf. Schon ein Vierteljahr zuvor, am 2. Juni, dem italienischen Nationalfeiertag, war ich Commendatore geworden. Das ist kein Kommentator am Mikrofon, sondern ein italienischer Orden inklusive Ehrung der Republik Italien – vergleichbar mit dem Bundesverdienstkreuz. Ich bekam diese Auszeichnung in Freiburg im „Kaisersaal" vom italienischen Konsul Igor Di Bernardini.

Häufig wird der Orden „Commendatore" an Personen verliehen, die sich im Ausland besondere Verdienste um das Land Italien erworben haben. Wie Enzo

Ferrari und Jess Haberer. Letzterer baut zwar keine Sportwagen, aber er ist der Motor der Städtepartnerschaft von Offenburg und Pietra Ligure. Bei mir wurden die Bemühungen bei der Integration italienischer Mitbürger in meiner Zeit als Sozialarbeiter honoriert.

Ende Oktober stand eine schon länger geplante Reise nach Caltabellotta mit der CDU-Fraktion des Ortenauer Kreistages an. Die Idee dazu wurde im Frühjahr 2006 geboren – in Cadenabbia am Comer See. Die Konrad-Adenauer-Stiftung hat dort die ehemalige Sommerresidenz des Altkanzlers gekauft und bietet Fortbildungen an. Das nutzten wir mit unserer Kreistagsfraktion. Fraktionschef Klaus Muttach, damals Bürgermeister von Seelbach, ehe er später das Acherner Rathaus übernahm, fragte eines Abends ganz unvermittelt: „Toni, wär das nix, mit der ganzen Fraktion mal nach Sizilien zu fliegen?"

Das ließ ich mir nicht zweimal sagen. Ich kündigte uns rechtzeitig in Caltabellotta an: „Im Herbst nächsten Jahres komme ich mit einer Delegation von Bürgermeistern samt Partnerinnen." Zum Glück gab es Conny Fischer. Ich bat sie, die Ferienwohnungen zu organisieren und alles vorzubereiten. Kurz vor der Abreise schickte sie mir eine Mail: „Bitte bringt alle einen Anzug mit, weil wir einen Empfang im Rathaus planen." Das klang schlüssig. Und ich dachte mir: Da werde ich dann vielleicht in irgendeiner Form geehrt.

In Palermo holte uns ein Bus vom Flughafen ab. Schon unterwegs gab's Programm: Michele aus Sciacca, Diplom-Landwirt und ein profunder Kenner der Insel, wirbelte am Mikrofon. Gleich nach der Ankunft in unserem „Bed & Breakfast" wurde aufgetischt: essen, trinken, Wein – in Unmengen. Das Abendessen später fiel aus.

Für den nächsten Morgen war der Empfang angesetzt. Der Bus brachte uns aber nicht zum Rathaus, was mich ein bisschen irritierte, sondern wir fuhren direkt zur Aussichtsplattform mit dem atemberaubenden Blick über das in Felsen gemeißelte Caltabellotta bis hinunter auf das 20 Kilometer entfernte Mittelmeer. Am Kreuz, das diese Plattform markiert, empfing uns eine Musikkapelle, und sie begleitete uns auf dem Fußmarsch über die Promenade „La Pietra" hinunter in den Ort. Es war wie bei einem Festumzug.

Was ging hier ab?

Vor dem Rathaus blieben wir stehen. Man sagte mir: „Wir müssen noch auf den Präfekten warten." Der Präfekt ist ein Vertreter der Regierung, er kommt quasi im Auftrag des Ministerpräsidenten. Ich begann ein bisschen zu schwitzen in meinem Anzug.

Bei der Ernennung zum Ehrenbürger von Caltabellotta im Rathaus mit dem Präfekten und Bürgermeister Pumilia

Schließlich fuhr der Präfekt in einer schwarzen Limousine mit Blaulicht vor. Für einen Moment musste ich an Giovanni und seinen „Scheibele" denken. Ums kurz zu machen: Ich wurde zum *cittadino onorario*, zum Ehrenbürger von Caltabellotta ernannt. Damit hatte ich nie und nimmer gerechnet. Nur ein paar Freunde und Verwandte waren eingeweiht. Sie kamen zum Rathaus, wo sich sogar eine Delegation aus San Biaggio-Platani eingefunden hatte, die ich aus Durbach kannte. Sie freuten sich alle mit mir.

Die Sizilien-Woche der Kreistagsfraktion ging weiter: Ätna, Sciacca, Oliven ernten, beim Pressen zuschauen, ein Abend mit Badnerlied – und alle Leute im Lokal klatschten mit. Als die wundervolle Woche zu Ende ging, fragte ich: „Wann rechnen wir ab?"

„Nichts wird abgerechnet", antwortete Tourismus-Referent Giuseppe Pasciuta, „es ist alles bezahlt." Alles – für alle. Es war wirklich all-inclusive – denn es gab nicht einen einzigen Kaffee oder Schnaps, den wir außerhalb des Programms getrunken hatten. Dazu wäre überhaupt keine Zeit gewesen. Das Einzige, was wir selbst bezahlten, waren unsere Flüge.

Für mich waren es sehr bewegende Tage auf Sizilien. Was mich noch mehr freute als die Ehrenbürgerschaft war, dass ich Menschen aus meiner Heimat, die mir viel bedeuteten, mit Menschen, mit denen ich beruflich unterwegs war, zusammengebracht hatte. Meine Bürgermeister-Kollegen haben sich mit mir gefreut und ich mich mit ihnen. Und Caltabellotta erlebte ein tolles Dorffest.

Tief in mir hatte ich mit damals 43 Jahren das Gefühl, dass ich meinem Geburtsort noch etwas nähergekommen war – äußerlich wie innerlich. Gleichwohl war für mich schon lange klar: Mein Heimathafen ist Offenburg – und die Ortenau.

Unsere Bildungsreise fand ein enormes Echo in den Medien. Das „Offenburger Tageblatt" berichtete groß, und ich wurde von italienischen Journalisten in Deutschland interviewt. Auch Tony Mazzaro vom SWR aus Stuttgart interessierte sich für das Thema.

In der nächsten Sitzung des Durbacher Gemeinderates meldete sich beim Punkt „Verschiedenes" Sabine Dogor-Franz. „Herr Vetrano, wir haben gelesen, was Sie da so alles angestellt haben mit der Kreistagsfraktion. Wir würden auch gerne mal nach Sizilien reisen ..."

Schau an, dachte ich und sagte: „Das freut mich!" Dann führte ich eine spontane Probeabstimmung über eine Beteiligung durch. Was soll ich sagen? Noch bei keiner Abstimmung zuvor waren die Hände so schnell in die Höhe geschossen.

Mit der CDU-Kreitagsfraktion in Agrigento

Durbacher Nachlese

Im elften Jahr als Bürgermeister von Durbach konfrontierte mich Günther Laubis mit einer spannenden Idee. Der Nachrichtenredakteur und Moderator des Südwestrundfunks wollte aber weder eines der üblichen Interviews noch eine Reportage – er ging selbst steil. „Toni", sagte er, „ich habe eine Idee für eine ganz neue Art von Kulturveranstaltung."

„Lass' hören", antwortete ich.

Laubis legte los. Und sein Konzept hatte es in sich: Künstler aus unterschiedlichen Genres – Musik, Gesang, Literatur und Poesie – sollten gleichzeitig an verschiedenen Orten in Durbach auftreten und danach eine gemeinsame Zugabe mit allen Besuchern auf Schloss Staufenberg liefern. Dabei spielten die ausgezeichneten Kontakte von Günther Laubis in die Kulturszene eine wichtige Rolle. Das Ganze sollte im Spätherbst stattfinden, nach der Weinlese, die ein zentrales Thema im Jahresablauf unserer Gemeinde darstellte.

Dementsprechend nannte Laubis sein Projekt „Durbacher NachLESE".

Zweieinhalb Jahre später passte dieser Titel zu meinem Kopfkino. Am 28. April 2014 fand in der Halle am Durbach in Ebersweier meine Abschiedsfeier statt. Ich hatte mich in der Mitte meiner zweiten Amtsperiode entschieden, als Oberbürgermeister der Stadt Kehl zu kandidieren und dort im zweiten Wahlgang den Zuschlag erhalten. Der Abschiedsabend in Durbach war für mich sehr emotional – aus zweierlei Gründen: Ich spürte große Aufregung, was die neue Aufgabe in Kehl betraf, und die Freude, dort gewählt worden zu sein, war riesig. Gleichzeitig aber zogen die zwölf Jahre in Durbach wie im Zeitraffer an meinem inneren Auge vorbei. Vor allem auch, weil viele Geschichten aus dieser schönen Zeit erzählt wurden.

Vor meiner Abschiedsrede gingen mir auf dem Weg zum Rednerpult die Bilder aus meinem Durbacher Wahlkampf im Herbst 2001 durch den Kopf. Das zentrale Thema damals war: Passt ein Sizilianer überhaupt nach Durbach? Passt so einer zu uns?

Bei aller Kritik, die man als Bürgermeister einstecken muss, gaben mir die Menschen ziemlich schnell das Gefühl, einer von ihnen zu sein. Und nicht nur das. Je kritischer sie gewesen waren, desto mehr hatte ich gleichzeitig das Gefühl, dass sie mich schnell ins Herz geschlossen hatten. Deshalb lautete mein Schlusssatz, mit dem ich mich aus diesem wunderschönen Weindorf verabschiedet habe: „Ein unbekannter Sizilianer aus Offenburg kam – ein Durbacher geht!"

Ich wusste, dass ich das sagen durfte. Nicht erst seit dem Ärger um den Wanderweg am Halbgütle, der zum Hotel Restaurant „Rebstock" führt. Dort hatten wir einen Großteil der Böschung entfernt, was viele als Kahlschlag empfanden. Es hagelte Kritik an der Verwaltung. Und in einer so kleinen Gemeinde wie Durbach ist das immer auch Kritik am Bürgermeister. C'est la vie. In der Zeitung gab es jede Menge Leserbriefe. Es kamen sogar welche aus Offenburg und aus umliegenden Orten. Und im Auge des Taifuns stand ich. Doch dann passierte etwas, womit ich nicht gerechnet hatte: Einigen Durbachern ging das entschieden zu weit. Tenor: „Das lassen wir uns nicht gefallen! Unseren Bürgermeister dürfen nur wir kritisieren. Andere haben da nichts zu melden."

Natürlich hatten wir in Durbach auch die ganz normalen Themen wie Schulerweiterung, Kanalisation oder Straßenbau. Aber da es kaum Gewerbe, geschweige denn Industrie gibt, bestand das Leben in erster Linie aus den drei Säulen Weinbau, Landwirtschaft und Tourismus. Dabei verstanden es die Durbacher, aus allem ein Event zu machen. Und ich versuchte, meinen Teil durch Entertainment beizusteuern, etwa als Moderator des Weinfestes.

Als Tourismusgemeinde, die wir waren, beschlossen wir, am Festplatz des Dorfes einen Stellplatz für Wohnmobile zu installieren. Dazu ist eine Toilette zwingend nötig. Aber dieses „Scheißhaus" brachte mir tatsächlich eine fette Schlagzeile ein: „Die 70.000-Euro-Toilette", titelte das „Offenburger Tageblatt".

Veranschlagt hatten wir das Klo auf der grünen Wiese nur mit 25.000 Euro, abgerechnet wurde es tatsächlich mit knapp 70.000. Was man aber erklären konnte: Der Betriebshof hatte zusätzlich einen Schuppen gebaut, in dem Geräte untergebracht wurden. Außerdem wurde bei der Toilette Edelstahl verwendet – aus Resilienzgründen, wie es neudeutsch so schön heißt. Man könnte auch „garantiert rostfrei" sagen. Wie auch immer: Es rumorte, es gab Dynamik. Aber das Projekt „Toilette" war kein Griff ins Klo. Gegeißelt hat mich deswegen niemand.

Der Schlichter

Ich empfand meine Arbeit als Bürgermeister stets aufgeteilt in zwei Blöcke. Da gab es den rein technokratischen Job: die Gemeinderatssitzungen, die Verwaltung, das Besorgen von Zuschüssen. Der andere Block erklärt, warum dieser Beruf den Namen „Bürgermeister" trägt – da geht es um die Begegnung mit den Bürgern, die in aller Regel mit einem klaren Anliegen kommen. Manchmal aber auch mit einem Problem, bei dem sie nicht wissen, an wen sie sich wenden sollen.

Als ich in dieses Amt hineinkam, war mir zunächst gar nicht bewusst, dass in früheren Zeiten neben dem Pfarrer auch der Bürgermeister so etwas wie der Seelentröster der Menschen war. Oder eine Art Kummerkasten.

Plötzlich war ich Berater verzweifelter Eltern, deren Kinder den eigenen Betrieb nicht übernehmen wollten. Oder ich wurde zu Nachbarschaftsstreitigkeiten hinzugeholt. Dabei begriff ich rasch: Es gibt in unserem Land zwar ein Nachbarschaftsgesetz, wodurch wie immer alles geregelt werden soll. Aber wenn es ans Eingemachte geht, wollen nur ganz wenige die Karte „Anwalt" ziehen. Stattdessen soll der Bürgermeister als Schlichter fungieren.

Bei diesen Konflikten konnte es sehr emotional werden, auch wenn es oft nur um Nichtigkeiten ging. Und es konnte passieren, dass hinter dem aktuellen Streit eine Familiengeschichte über drei Generationen hinweg steckte. Wie in einem Heimatfilm. Zuerst hat das genervt, doch dann habe ich begriffen: Da geht es um mehr. Um Emotionen. Um ungeklärte Konflikte.

So wie bei Winzer Fridolin und seinem Nachbarn, dem Handwerker Karl, wobei die Namen frei erfunden sind, die eines Tages in meinem Bürgermeister-Büro saßen und sich die Köpfe heiß redeten. Das Problem: Handwerker Karl vermietete Ferienwohnungen und Fridolin musste seine Reben zu bestimmten Zeiten im Jahr gegen die Übergriffe der Vögel schützen. Was er mit Schreckschussapparaten tat, die es eigens dafür gibt. Das wiederum brachte Karl auf die Palme: „Das geht gar nicht!", tobte er. „Mir laufen wegen der Knallerei die Feriengäste weg!"

„Ja, aber ich muss das doch tun. Schließlich geht es um meine Existenz", erwiderte der Winzer fast schon verzweifelt. Bestimmt hatten sich die beiden das schon ein Dutzend Mal versichert. Karl versuchte einzulenken: „Ich verstehe dich doch. Aber wir müssen das irgendwie anders regeln." Genau das ist der Klassiker: Beide Parteien haben Verständnis füreinander, sagen aber: „So nicht!" Und genau so kommt man nicht vorwärts bei der Lösung des Konflikts. Ich konnte in diesem Fall keinen Kompromiss vorschlagen. Wie hätte der auch aussehen sollen? Es nützt ja nichts, die Schreckschussapparate nur zu bestimmten Uhrzeiten einzusetzen. Genauso wenig, wie man Gäste dazu vergattern kann, mit schalldämpfenden Kopfhörern herumzulaufen.

Da saßen sie nun in meinem Büro, der Fridolin und der Karl, und schaukelten sich gegenseitig hoch. Zunehmend kamen Vorwürfe von früher. Es ging hin und her. „Du bist nachts mit dem Traktor direkt an meinem Fenster vorbeigerattert, als ich schon geschlafen habe", grollte der Winzer. Der Handwerker konterte: „Und du hast Holz gemacht und alles rumliegen lassen!" Schließlich holte Karl zum entscheidenden Aufwärtshaken aus: „Eins will ich dir sagen: An meinem Geburtstag lasse ich nicht ,Simpel' zu mir sagen!" Worauf Fridolin furztrocken entgegnete: „Ich hab' doch nicht gewusst, dass du Geburtstag hast!" An diesem Punkt brach ich den „Kampf" ab. Es war höchste Zeit. „Hey, Freunde", sagte ich, „das war's. Jetzt sind wir am Ende. So finden wir keine Lösung." Ganz ehrlich, ich glaube, die beiden streiten heute noch ...

Das lief aber nicht immer so. Oft war es anders: Wenn sich die Parteien im Gespräch bei mir geeinigt hatten, herrschte eine Weile Ruhe, denn das gegebene Wort hat was gegolten. Manchmal habe ich ein Protokoll erstellt, damit man noch Jahre später nachlesen konnte, was gesagt worden war.

Franziska und der Ferrari

Zu meiner persönlichen Nachlese gehört auch Franziska Rau. Sie war ein Durbacher Urgestein und steckte mit 98 Jahren noch eine Hüft-Operation weg. Mein Vorgänger Wolfgang Pühler hatte ihr versprochen, sie am „Hundertsten" mit einer Pferdekutsche abzuholen. Dieser 100. Geburtstag fiel auf den 9. März 2002 – das war gut zwei Monate nach meinem Amtsantritt. Und die große, spannende Frage im Dorf lautete: Macht das der Vetrano jetzt auch?

„Das ist doch Ehrensache", sagte ich und ließ über die Verwaltung zwei Pferde bestellen, dazu eine

Kutsche vom Fuhrunternehmer Lorenz Burger aus Bohlsbach.

Franziska Rau stammte aus Durbach-Gebirg und bewältigte trotz ihres hohen Alters das Leben noch weitgehend selbstständig. Sie las viel, schaute fern und war „up to date". Sie hatte auch flotte Sprüche auf Lager. Am 100. Geburtstag gab es bei ihr zu Hause einen Sektempfang, und im Wohnzimmer standen mindestens 20 Kuchen. „Was sollen wir denn mit den vielen Kuchen?", fragte Franziska Rau – und lieferte die Antwort gleich mit: „Die können wir einfrieren und nächstes Jahr am Geburtstag essen." Trotz ihrer 100 Jahre war der Gedanke, dass das Leben vielleicht nicht mehr lange dauern würde, keine Option.

Die Fahrt mit der Kutsche begann am Gasthaus „Hohberg", ging bis zum Rathaus, und es wurde ein richtiger Umzug daraus. Denn die Leute säumten die Straße, winkten, gratulierten, hatten Geschenke mitgebracht und riefen Franziska Rau ihre Glückwünsche zu. Es war ein bisschen, als würde die Queen vorbeifahren.

Ein Jahr später, am 101. Geburtstag, gab's tatsächlich wieder Kuchen im Hause Rau. Auch Pfarrer Alois Schuler gehörte zu den Gratulanten. Plötzlich stand die Jubilarin auf, holte eine Serviette und reichte sie dem Pfarrer. Doch der hatte bereits eine auf dem Schoß, was Franziska Rau nicht bemerkt hatte. „Danke, ich hab' schon", winkte er ab und senkte den Blick erklärend eine Etage tiefer. „Wisse Se, Herr Pfarrer", sagte sie ganz trocken, „do guck ich halt nit hin ..."

Später streichelte sie meiner Frau Claudia über den Kopf und meinte: „De Burgermeischter häd scho ä scheeni Frau ..." Dann kam sie schnurstracks auf mich zu, klopfte mir auf die Schulter und sagte: „Abr de Burgermeischter isch au ä netter Kerli."

Franziska Rau konnte lustig sein, aber auch ernst und reflektiert. Beim 100. Geburtstag habe ich sie während der Kutschfahrt gefragt: „Können Sie sich noch erinnern, wie es an Ihrem 50. Geburtstag war?" Dann überlegte sie, beamte sich zurück in die Nachkriegszeit und meinte: „Da hatten wir nicht so viel wie heute. Da gab es halt einen Apfel und ein paar Nüssle." Irgendwann hat sie mir auch erzählt, welch glühender Fan sie von Michael Schumacher und Ferrari gewesen sei. Sie kannte sogar die Ergebnisse der Formel-1-Rennen, schaute im Fernsehen zu und fieberte mit. Da kündigte ich flapsig an: „Frau Rau, wenn Sie 105 Jahre alt werden, hole ich Sie mit einem Ferrari ab."

Spätestens nach dem 104. Geburtstag tickte die Uhr gegen mich.

Ich konnte mich doch nicht lumpen lassen. So telefonierte ich mit einer Vermietung für Luxusautos. Schnell stellte sich heraus, dass die Sache mehr als nur einen Haken hatte. Die verlangten wahrlich keinen geringen Betrag für den Schlitten. Was politisch noch unschädlich gewesen wäre. Als jedoch noch eine Versicherung mit Selbstbeteiligung ins Spiel kam, wurde mir die Sache zu heikel. Also sprach ich mit dem Offenburger Autohaus „Graf Hardenberg" – und so wurde aus dem Ferrari ein Porsche, genauer gesagt: ein schwarzes Boxster-Cabrio, was die Aktion nicht minderwertiger gemacht hat. Genau so wenig wie der Umstand, dass Frau Rau im Laufe der Zeit leider nicht mehr so gut sehen konnte.

Franziska Rau an ihrem 105. Geburtstag bei der ver-
sprochenen Spritztour durch Durbach

Der 9. März 2007 war ein bitterkalter Tag. Dick ein-
gemummt chauffierte ich Franziska Rau mit offenem
Verdeck vom Gasthaus „Hohberg" zum Rathaus und
wieder zurück. Ein Spalier wie fünf Jahre zuvor gab es
diesmal nicht. Kurz vor ihrem 106. Geburtstag nahm
die greise Dame noch an der Goldenen Hochzeit ihrer
Tochter teil. Franziska Rau wurde schließlich sage und
schreibe 110 Jahre alt, konnte aber an ihrem letzten
Geburtstag am 9. März 2012 kaum noch sehen und
sprechen. Kurze Zeit danach ist sie gestorben. Es gab
eine kleine, gesegnete Trauerfeier mit wenigen Leuten
– klar: Gleichaltrige lebten nicht mehr, und selbst die
Generation danach war nicht mehr vital genug.

Grünes Licht auf dem stillen Örtchen

Ein heißes Eisen waren in den frühen Nuller-Jahren die touristischen Hinweisschilder an der Autobahn. Von denen versprachen sich die Gemeinden einen hohen Werbewert. Als ich mit diesem Ansinnen für Durbach in den Ring stieg, gab es entlang der A5 im Bereich des Ortenaukreises höchstens eine Handvoll solcher Schilder, die in brauner Farbe auf weißem Grund Sehenswürdigkeiten benennen und sie in Form einer Silhouette zeigen. Inzwischen sind es schon 18. Der Unterschied zu damals: Die Kriterien wurden erheblich gelockert.

Als wir uns im Herbst 2002 für so ein Hinweisschild bewarben, schlug der Bürokratie-Staat Deutschland noch gnadenlos durch. Da war zunächst der unendlich lange Verfahrensweg von der Gemeindeverwaltung übers Regierungspräsidium bis zum schlussendlich zuständigen Innenministerium. Und dann die Kriterien: Die Ortschaft durfte nur eine bestimmte Anzahl von Kilometern von der Autobahn entfernt sein, musste gut erreichbar sein – und die Sehenswürdigkeit sollte von der Autobahn aus mit bloßem Auge zu erkennen sein. Kurzum: ein K.-o.-Kriterium nach dem anderen für Durbach und sein wundervolles Schloss Staufenberg.

Zuerst probierten wir es mit „Weindorf Durbach" – und kassierten im Handumdrehen eine Absage. Begründung: Weindörfer gibt es viele. Der zweite Versuch lautete: „Das Goldene Weindorf Durbach". Zugegeben, diesen Namen hatten sich die Durbacher selbst verpasst – aufgrund der vielen Goldmedaillen, welche die Winzer im Lauf der Jahre gescheffelt hatten. Aber es war kein festgeschriebener Begriff. Und genau deshalb fingen wir uns den zweiten Korb ein.

Dann dachte ich: „Durbach – Schloss Staufenberg" könnte eine Möglichkeit sein. Ich bat unseren Ratsschreiber Josef Werner, einen profunden Kenner der Durbacher Geschichte, das Thema aufzuarbeiten. Und ehe wir den Antrag stellten, ließen wir uns vom Markgrafen von Baden, dem Eigentümer des Schlosses, grünes Licht geben. Doch das Innenministerium senkte den Daumen – aufgrund einer entsprechenden Stellungnahme des Regierungspräsidiums.

Damit war das Thema so gut wie durch.

Ein halbes Jahr später kam Regierungspräsident Sven von Ungern-Sternberg nach Durbach. Ein reiner Routinebesuch. Wie üblich, waren die Themen zuvor im kleinen Kreis besprochen und eine Agenda erstellt worden. Als schon alles gesagt war, fragte der Regierungspräsident in die Runde: „Gibt es noch weitere Themen?" Es war eine rhetorische Frage, die das Ende der Besprechung einläuten sollte. Doch ich sagte: „Ja, ich hätte noch ein Thema – das touristische Hinweisschild."

Da war er richtig sauer.

Sven von Ungern-Sternberg erklärte nicht nur, dass das nicht gehe, sondern er fragte mich in sehr deutlichem Ton, ob ich nicht verstanden hätte, warum das nicht funktioniert. „Okay, das war's", dachte ich und machte innerlich einen Haken dran.

Nächster Punkt der Tagesordnung war der Besuch verschiedener Stationen in der Gemeinde: Schule, Weingüter, Winzergenossenschaft – und zum Abschluss noch eine Weinprobe beim Männle-Heiner.

Die erste Station aber war – Schloss Staufenberg. Und dabei hatte ich keinerlei Hintergedanken in Sachen Schild. Es ging mir nur darum, den Ort zu repräsentieren mit dem, was er zu bieten hat und womit Durbach punkten kann. Es war ein wunderschöner, sonniger Tag im Mai, und ich hatte den Gutsverwalter Achim Kirchner gebeten, einen kleinen Sektempfang vorzubereiten. Dazu gab es Flammkuchen.

Was ich nicht wusste: Der Regierungspräsident war noch nie zuvor auf Schloss Staufenberg gewesen. Als er zusammen mit mir die Schlossterrasse betrat, traf ihn das einzigartige, atemberaubende Panorama mit seiner ganzen faszinierenden Wucht. Er blickte in die schier endlose Ferne und war lange vollkommen still.

Dann drehte sich Sven von Ungern-Sternberg zu mir herüber und sagte: „Herr Bürgermeister, über dieses touristische Hinweisschild müssen wir nochmal reden." Als leidenschaftlicher Sammler historischer Karten war der Regierungspräsident sehr ortskundig. Das heißt: Ich musste ihm nichts erklären. „Wenn ich das richtig sehe", fing er an, „dann ist das links der Schutterlindenberg, dahinter sieht man den Kaiserstuhl, dann die Vogesen ..." Als mein Gast die einzigartige Schönheit der Landschaft ausgiebig genossen hatte, kehrte er ins Hier und Jetzt zurück: „Ich kann Ihnen nicht versprechen, dass wir das mit dem Schild hinkriegen", sagte er, „aber ich werde mich dafür einsetzen."

Das war für mich mehr als genug an einem Tag, der so komplett anders begonnen hatte. Außerdem wusste ich: von Ungern-Sternberg war einer, der sein Wort hielt. Dafür war er bekannt. Unter diesem Aspekt konnte ich in den folgenden Wochen ruhig schlafen,

Regierungspräsident
Sven von Ungern-Sternberg

auch wenn ich im Ort ständig auf das Thema „Tourismusschild" angesprochen wurde: „Herr Vetrano, in Staufen und überall gibt es das. Wieso nicht bei uns?!" „Ich bin dran, aber wir müssen noch warten", lautete meine stereotype Antwort.

Aber die Geduld meiner Durbacher wurde auf eine harte Probe gestellt. Ein Dreivierteljahr verstrich. Dann traf ich den Regierungspräsidenten beim Bezirksparteitag der CDU in Freiburg. Wie es der Zufall wollte – auf dem stillen Örtchen. Vielleicht war das aber der ideale Ort für ein Gespräch unter Männern, Seite an Seite, den Blick nach unten gerichtet.

„Ah, Herr Vetrano", sagte von Ungern-Sternberg. Ich packte den Stier bei den Hörnern: „Der Ort ist vielleicht nicht der günstigste, aber wer weiß, ob wir uns nachher nochmal über den Weg laufen. Jetzt frage ich einfach mal, was das touristische Hinweisschild für Durbach macht." „Herr Vetrano", entgegnete der Regierungspräsident, „ich habe Ihnen doch schon in Durbach gesagt: Gedulden Sie sich! Schlafen Sie ruhig – das Schild kommt!" Ein paar Wochen später lag der Bescheid auf meinem Schreibtisch. Wie heißt es so schön: Steter Tropfen höhlt den Stein. Und es muss nicht immer der edle Weintropfen sein.

Rollentausch

Mit den Jahren als Schultes bekommst du ein Gespür dafür, wann es an der Zeit ist, mal wieder eine Schlagzeile zu produzieren, die nichts mit dem Tagesgeschäft wie Weinbau oder Tourismus zu tun hat. Also rief ich eines Morgens „Knolli" an und fragte: „Markus, hast du Bock, dass wir mal die Rollen tauschen? Für einen Tag?"

„Knolli" heißt eigentlich Markus Knoll, war der Chef des lokalen Senders „Hitradio Ohr" und ist einer, der so schnell keiner Herausforderung aus dem Weg geht. „Wie Rollen tauschen ...?", fragte er dann doch etwas überrascht. „Na ganz einfach: Du bist einen Tag lang Bürgermeister von Durbach und ich einen Tag lang Radio-Moderator." Jetzt machte es klick, und „Knolli" entschied: „So machen wir das!"

Das Ergebnis nehme ich in diesem Fall vorweg: Die Durbacher fanden die Aktion lustig. Kam prima an im Ort. Aber die Erfahrungen, die wir unterwegs machten, waren speziell – und ziemlich deutsch.

Zwischen 6 und 9 Uhr war ich Co-Moderator der Morgensendung von Violetta Hoffmann. Punkt 7.20 Uhr rief ich bei Landrat Frank Scherer an, um ihn zu interviewen. Prima Geschichte. Aber jetzt kommt's: Danach erkundigte sich die Kommunalaufsicht beim Landrat, ob ich mir diesen Nebenjob hätte genehmigen lassen. Als ich davon hörte, dachte ich mir meinen Teil. Den Spaß an der Aktion ließ ich mir davon aber nicht nehmen.

„Knolli" besuchte den Durbacher Kindergarten, hörte sich die Probleme an und protokollierte alles.

Er hielt auch eine Bürgermeister-Sprechstunde ab, zu der tatsächlich drei Leute erschienen. Und er lieh von einem Möbelhaus einen riesigen Sessel aus, um sich im Bürgermeister-Büro als Pascha fotografieren zu lassen. Das verärgerte tatsächlich einige meiner Kollegen. Die meinten, damit sei das Klischee des Sesselpupsers transportiert worden – nach dem Motto: Bürgermeister sitzen nur im Sessel und machen nichts. Nun ja – das sah ich dann doch viel sportlicher als diese Herren.

Medial hatte die Aktion ein großes Echo. Unsere Leiterin der Tourist-Info, Astrid Graner, war begeistert von der Marketingmaßnahme – und ich durfte einmal im Leben meinen ursprünglichen Traumberuf des Radio-Moderators ausleben.

Die Wette

Marketing pur, garniert mit bestem Unterhaltungswert, war auch mein Gesangsauftritt mit einem improvisierten Durbacher Winzerchor in der Offenburger Oberrheinhalle. Dazu kam es anlässlich des Ortenauer Weinfestes 2007 in Offenburg.

Traditionell gestaltete die Offenburger Stadtkapelle den Sonntagabend auf dem Marktplatz, während ich den Ständen der Durbacher Weingüter meinen Besuch abstattete. Dann betrat Moderator und Stadtkapellen-Chef Jess Haberer, ganz nebenbei mein früherer Hauptschullehrer, die Bühne und bat den Bürgermeister von Durbach zu sich. Haberer forderte mich heraus: „Ich wette, dass es dir nicht gelingt, beim Galakonzert der Stadtkapelle im Dezember mit 50 Durbacher Winzerinnen und Winzern, begleitet von der Stadtkapelle, das Lied ‚O Sole Mio' zu singen!"

Während ich keinen Wetteinsatz bringen musste, kündigte Jess Haberer für den Fall, dass so ein Winzerchor zusammenkommen würde, an: „Lieber Toni, dann wird dich die Stadtkapelle beim Durbacher Weinfest auf einer Sänfte vom Rathaus zum Festplatz tragen!"

So weit, so gut. Mit Kaventsmännern wie Thorsten Halder oder Marc Oberle kann der Jess das locker versprechen, dachte ich. Außerdem: Haberer hatte in diesem Moment nicht nur den Durbacher Bürgermeister, sondern auch den Präsidenten des Ortenauer Blasmusikverbandes herausgefordert. Dieses Amt hatte mir ein

Der Durbacher Winzerchor in der Oberrheinhalle in Offenburg beim Einlösen der Wette

halbes Jahr zuvor der in Durbach lebende Unternehmer Rüdiger Hurrle vererbt. Ein Ehrenamt, das ich zwölf Jahre lang innehatte und das mir viele schöne Begegnungen, hochkarätige Konzerte und glänzende Kinderaugen beim Verleihen der Leistungsabzeichen bescherte.

Eigentlich war die Wette gar nicht schwer. Ich klopfte beim Dirigenten des Durbacher Männergesangvereins an, denn ich wusste: Über drei Viertel dieser Sängerinnen und Sänger waren auch Winzer. Danach genügte ein Anruf im Feuerwehrhaus während einer Probe – schon hatte ich 40 Zusagen. Im Herbst haben wir das Stück „O Sole Mio" dann einstudiert. Mir als Nicht-Sänger wurde der Solopart zuteil, was mich ins Schwitzen brachte. Und spätestens bei der Generalprobe in der Oberrheinhalle schnellte auch der Blutdruck meines Winzerchors in die Höhe. Aber Stadtkapellen-Dirigent Axel Berger händelte alles sehr professionell.

Schließlich sangen beim Galakonzert vor 1500 Zuschauern 79 Durbacher Kehlen in Winzerblusen zu den Klängen der Stadtkapelle. Klar, dass sich auch ein paar Nicht-Winzer in den Chor geschmuggelt hatten, aber zumindest kamen alle aus Durbach. Und natürlich war das Ganze eine durchkalkulierte Marketing-Strategie von Jess Haberer. Doch es entstanden dadurch auch Beziehungen und Freundschaften. Es wurde lange darüber gesprochen. Und die Moral von der Geschicht'? Manchmal muss man Dinge einfach tun – und nicht ständig hinterfragen, wer was dazu sagen oder darüber denken könnte.

Das Finale

Nach all diesen Erlebnissen fand ich den Schlusssatz meiner Abschiedsrede am 28. April 2014 durchaus vertretbar: Es war tatsächlich ein Italiener, ein Fremder, gekommen – und es ging ein Durbacher.

Die beste, weil witzigste Rede an diesem Abend hielt einer, dem das in dieser Form keiner zugetraut hätte: Pfarrer Dietmar Mathe. Er galt als streng, war einer, der während der Predigt durchaus auch mal die Hand gegen die Gemeinde erhob, er war oft ernst, hat fast nie gelacht – aber: An diesem Abend legte er einen kabarettistischen Auftritt hin. „Hätte ich das gewusst", sagte ich, „dann hätte ich darum gebeten, für diese Veranstaltung Eintritt zu verlangen."

Natürlich gab es auch Geschenke. Viel mehr gefreut habe ich mich aber über die Besucher. Freunde aus der französischen Partnerstadt Châteaubernard in der Region Nouvelle-Aquitaine waren gekommen und hatten guten Cognac im Gepäck. Die kulturellen Vereine aus Durbach haben gespielt. Mein Wunsch war: Die musikalische Begleitung sollte von beiden Musikvereinen und Chören erfolgen – von denen aus Durbach und von denen aus Ebersweier. Das war alles andere als selbstverständlich beim rivalisierenden Denken beider Ortsteile. Ein Sänger aus Durbach kam dann später auf mich zu und sagte: „Wir haben das erste Mal mit Ebersweier gesungen. Wissen Sie was, das war wunderschön."

Solche Momente sind prägnant. Wenn es gelingt, Menschen und Themen zusammenzuführen und daraus einen Mehrwert zu schaffen. Manchmal müssen es die Menschen einfach spüren. Reden hilft da nicht immer. Ein anderer Gast sagte: „Sie bekommen doch jede Menge Wein. Deshalb schenken wir Ihnen heute Bier." Ich reichte den Gerstensaft gerne an die Musiker weiter, die sich der Flaschen bereitwillig annahmen.

Pfarrer Mathe hatte lange überlegt, was mir die Kirche schenken könnte, und schließlich sogar gefragt. „Na ja", sagte er, „Sie haben sich für das Gotteslob entschieden, Herr Vetrano." Dann ging es nur noch um die Farbe des Einbandes für das Gesangsbuch. Auch an der Stelle hatte der Pfarrer gegrübelt. „Rot", meinte er, „konnten wir in Ihrem Fall nun wirklich nicht nehmen." Weiß sei vielleicht auch nicht gerade passend. „Letztendlich", befand Dietmar Mathe, sicherlich auch vor dem Hintergrund meiner Parteizugehörigkeit, „gab es nur eine Möglichkeit: schwarz." Aber er vergaß nicht zu erwähnen: „Schwarz war am teuersten!"

Trotz der vielen emotionalen und persönlichen Momente gingen mir während des Abschiedsabends die Bilder vom Wahlkampf zwölf Jahre zuvor einfach nicht aus dem Kopf. Der war geprägt von vielen Begegnungen und Fragen. Die Leute wollten rauskriegen: Was ist das für einer? Wie tickt der? Passt der zu uns?

Zentrales Thema in diesem Zusammenhang war meine Herkunft. Bei einem Wahlkampfabend in der „Linde" sagte ich: „Diese Frage darf man eigentlich gar nicht mehr stellen. Ich bin zwar in Sizilien geboren, habe aber einen deutschen Pass, lebe seit 36 Jahren hier, habe hier geheiratet und drei Kinder. Und ich arbeite für den deutschen Staat."

Oder ich versuchte, die Leute an der eigenen Nase zu packen, indem ich sagte: „Wenn drei Busse aus der

Toskana nach Durbach kommen und die Besucher hier eine Weinprobe machen wollen, glaube ich nicht, dass ihr sie wegschicken würdet." Und ich erinnerte die Durbacher daran, dass sie ein Fest mit dem Titel „Vino Musica" veranstalteten. „Als Badener", gab ich zu bedenken, „würde ich sagen: ‚Warum nicht Wein und Musik'?" Oder ich rieb ihnen den Durbacher Riesling-Sekt unter die Nase, den sie „Riesecco" nannten – in Anspielung auf den italienischen Prosecco.

Allmählich spürte ich, dass der Durchbruch gelang. Als ich den Hausfrauenbund besuchte, und zu meiner Veranstaltung statt der üblichen sieben oder acht Frauen an die 40 auf der Matte standen, ahnte ich, dass sich die Waage zu meinen Gunsten neigte.

Sehr präsent ist mir immer noch die Wahlkampf-veranstaltung am 11. September 2001. Am Abend des Tages, der die Welt erschütterte, weil islamistische Attentäter beim bisher weltweit größten Terrorakt die Zwillingstürme des World Trade Centers in New York zerstört hatten. Ich schäme mich heute noch dafür, dass ich bei der Veranstaltung keinen Ton zu diesem schrecklichen Ereignis gesagt habe. Was auch daran lag, dass ich sehr aufgeregt war, weil über 50 Leute gekommen waren.

Das Thema Sizilianer war zu diesem Zeitpunkt schon durch, andere Themen auch. Plötzlich packte Andreas Thiess, den sie alle nur „Flüchti" nennen, weil er als Jugendlicher mit den Eltern aus dem rumänischen Siebenbürgen nach Offenburg gekommen war, sein Akkordeon aus und kündigte an: „Zu Ehren des italienischen Bürgermeister-Kandidaten spielen wir das Lied ‚Marina'." Dann haute er das tatsächlich in die

Tasten, und der ganze Saal sang mit. Die Stunde war fortgeschritten, und es kam schon ein bisschen Feierlaune auf, obwohl es fast noch vier Wochen bis zur Wahl waren. Aber die Stimmung entsprach alles andere als dem 11. September.

Doch ich steckte mittendrin und musste da durch. „Flüchti" und Co. trällerten ein Lied nach dem anderen, und sein Freund, der Huber-Heiner, konnte sogar den Königsjodler. Eine echt anspruchsvolle Nummer. Er stand auf dem Tisch, während er sang. Als der Applaus abgeebbt war, rief der Huber-Heiner: „So, liebe Freunde, jetzt will ich euch noch was sagen: Lieber ä Italiener als ä Eberschwierer!"

Zwölf Jahre später kam mir an dieser Stelle das Kölsche Grundgesetz in den Sinn. Paragraph 3: „Et hätt noch immer jot jegange." Schwein gehabt, würden viele sagen.

Ich meine: „Gott sei Dank!"

Das Labor Europas

Es gibt Tage, die vergisst man nicht. Der 12. März 2020 war so ein Tag. Ein Donnerstag. Mein 56. Geburtstag. Doch das war nur eine Fußnote in einer Phase meines Lebens, die drohte, mir den Boden unter den Füßen wegzuziehen.

Eine Woche war es her, dass ich im Sprechzimmer eines Radiologen wie auf Nadeln saß, während er mit Argusaugen die MRT-Bilder betrachtete. Dann sagte er diesen Satz, der ein Alptraum ist: „Herr Vetrano, es handelt sich um ein Karzinom. Tut mir leid, dass ich Ihnen das mitteilen muss."

In den Tagen danach ließ sich die Anzahl der Stunden, die ich pro Nacht schlief, an den Fingern einer Hand abzählen. Was aber auch einem zweiten Hammer-Thema geschuldet war, das sich vor mir, das sich vor uns allen auftürmte und von Tag zu Tag bedrohlicher wurde: die Coronapandemie.

Am 27. Januar wurde der erste Fall einer Covid-19-Infektion in Deutschland nachgewiesen. Knapp sieben Wochen später, an meinem Geburtstag, waren weltweit 127.617 Fälle bekannt und davon 4711 tödlich ausgegangen. Was bedeutete: 3,7 Prozent der Kranken hatten es nicht geschafft.

Das war der Stoff, aus dem die Horrorszenarien entstanden. Und dazu die Bilder aus Bergamo. In der norditalienischen Stadt unweit von Mailand hatte das rätselhafte Virus, das von China ausgehend die Welt überfiel und die Atemwege der Menschen befiel, verheerend zugeschlagen. Das Achtelfinalspiel der Fußball-Champions-League zwischen Atalanta Bergamo und dem spanischen Club FC Valencia, das im Mailänder Meazza-Stadion ausgetragen wurde, galt als Superspreader-Event. Auch deshalb, weil sich in den rappelvollen Kneipen von Bergamo die Fans beim Public Viewing in den Armen lagen.

Uns Deutschen gefror das Blut in den Adern, wenn „Tagesschau" und „heute JOURNAL" abends die Leichensäcke zeigten, mit denen die Corona-Toten zu Tausenden abtransportiert wurden, wie von einem Schlachtfeld. Aus New York kamen wenig später ähnliche Horror-Bilder.

Auch in Straßburg und im Elsass hatte sich die Lage gefährlich zugespitzt. Die Belegung der Intensivstationen in den Krankenhäusern war am Limit. Diese dramatische Entwicklung führte auf deutscher Seite zu der panischen Vorstellung, dass die vielen Pendler, die täglich die Grenze überqueren, das Virus massiv in die Ortenau einschleppen würden.

Ich befand mich als Oberbürgermeister von Kehl im Auge des Taifuns. Die Europabrücke zwischen Straßburg und Kehl galt in den Augen vieler verängstigter Menschen als Sprungbrett für das Virus von Frankreich nach Deutschland. Mir war damals schon klar: „Das wird die mit Abstand größte Herausforderung meiner kommunalpolitischen Laufbahn." Und die dauerte immerhin schon 18 Jahre – zwölf als Bürgermeister von Durbach und sechs als Oberbürgermeister von Kehl.

Auch auf der rechten Seite des Rheins wütete Corona immer heftiger. Fußballspiele wurden abgesagt und erste Schutzmaßnahmen in Form von Schließungen getroffen. Allmählich begriffen die Menschen, dass ein Minimum an Alltag nur noch mit einem Maximum an Gesichtsmasken möglich sein würde.

Kontaktreduzierung hieß das zweite Zauberwort. Dementsprechend handverlesen war das Publikum, das sich aus Anlass meines Geburtstages in unserem Wohnzimmer in Rammersweier eingefunden hatte. Claudia, meine Frau, hatte gebacken, liebevoll wie immer. Eine selbst gemachte Schwarzwälder-Kirschtorte und Marmorkuchen standen auf dem Tisch. Dazu gab es leckeren Cappuccino und Espresso aus meiner Siebträgermaschine, die ich hege und pflege wie andere Leute die Blumenbeete in ihrem Garten.

Ich hatte den Vormittag noch im Rathaus verbracht und war dann nach Hause gefahren. Doch mir war nicht nach Feiern zumute. Ich beteiligte mich nur sporadisch an den Gesprächen und schob den Kuchen gedankenverloren von einem Mundwinkel in den anderen.

Dann klingelte mein Handy. Ich verließ das Zimmer und nahm das Gespräch entgegen. Der Anrufer war Tobias Lehmann, Leiter der Bundespolizei-Inspektion Offenburg. Er fragte: „Herr Vetrano, stehen Sie gerade?" Lehmann wartete die Antwort erst gar nicht ab. „Falls ja, nehmen Sie Platz." Das klang nicht gut. Überhaupt nicht gut. Dann eröffnete er mir: „Es gibt eine vertrauliche Information vom Bundesinnenministerium: Heute Nacht schließen wir die Grenze zu Frankreich!"

Für einen Moment blieb mir die Spucke weg. Das war ein Hammer. Und ich war froh, dass ich saß. Das weitere Gespräch über die angedachte Vorgehensweise brachte ich fast mechanisch zu Ende, während sich in meinem Kopf die Bilder türmten.

Eine Grenzschließung, das war mir innerhalb von Sekunden klar, würde eine extrem einschneidende Maßnahme sein. Die Bevölkerung von Kehl, wahrscheinlich sogar die gesamte deutsche Bevölkerung, hatte so eine Schließung nicht mehr auf dem Schirm. Nicht nachdem, was in den 40 Jahren zuvor passiert war, an positiver Entwicklung in Richtung vereintes Europa. Ausgehend vom Schengen-Abkommen, mit dem die Grenzkontrollen innerhalb der EU-Länder entfielen, und weiterführend mit dem Euroraum waren Dinge angestoßen worden, für die eine Schließung der Grenze einen Rückfall in die Steinzeit bedeuten würde. Man sprach noch von der Grenze als Ort. Aber in den Köpfen der Menschen war sie längst verschwunden. Genauso, wie die Warteschlangen am Übergang samt Polizisten als Relikt überwundener Zeiten galten.

Aber jetzt?

Wie lange würde das dauern? Was würde passieren? Wie schlimm würde das Virus wüten? Ließe es sich aufhalten, nur wenn Menschen nicht mehr von A nach B dürfen? Keiner wusste eine Antwort. Nicht einer.

Klar war nur: Das wird eine ganz andere Nummer als die strengen, aber vorübergehenden Grenzkontrollen, die es in den Jahren zuvor dreimal gegeben hatte, weil jeweils eine spezielle Gefahrenlage vorgelegen hatte: nach dem Anschlag auf die Pariser Redaktion des Satire-Magazins „Charlie Hebdo" im Januar 2015 und nach dem Attentat am 13. November des gleichen Jahres auf den Pariser Konzertsaal Bataclan sowie parallel vor dem Stade de France in St. Denis. Und schließlich nach dem Terroranschlag auf den Straßburger Weihnachtsmarkt im Jahr 2018.

Diese Grenzschließung, die mir soeben angekündigt worden war, traf meinen Nerv. Das machte was mit mir. Allein schon in Kenntnis der Kehler Geschichte. Betrachtet man den Rhein als natürliche Grenze zwischen Frankreich und Deutschland, verdient er den Namen „Schicksalsfluss". Weil dieses Gewässer so viele schicksalsträchtige Ereignisse mit sich führt: Brücken, die gebaut wurden. Und Brücken, die gesprengt wurden.

Kehl wurde zweimal evakuiert. Das erste Mal am 3. September 1939 zu Beginn des Zweiten Weltkrieges. Alle Zivilisten mussten damals die Stadt verlassen. Das geschah geplant und geordnet. Dementsprechend konnten die Menschen, die mit Sonderzügen in den Schwarzwald oder nach Württemberg gebracht wurden, ihr Hab und Gut zusammenpacken und das Nötigste mitnehmen. Ganz anders verlief die zweite Evakuierung am 23. November 1944, als Straßburg durch die Alliierten von Nazi-Deutschland befreit wurde. Das war nichts anderes als eine Flucht, und trennte die Menschen über Jahre hinweg von ihrer Heimat. An diesem Tag wurde die Rheinbrücke gesprengt und die Alliierten nahmen Kehl unter Beschuss.

Nach Kriegsende kehrten viele Straßburger aus dem Landesinnern von Frankreich zurück, fanden aber ihre Häuser in zerbombten Zustand vor. Sie brauchten neuen Wohnraum. Weil Hitler Kehl zu einem Teil von Straßburg erklärt hatte, drängten viele Straßburger in die deutlich weniger beschädigte Stadt auf der anderen Seite des Rheins. Die Freigabe von Kehl erfolgte gemäß dem Washingtoner Abkommen über die Räumung der Stadt durch Frankreich erst zwischen 1949 und 1953

– und zwar in 42 Teilfreigaben. Das allein zeigt die Sensibilität dieser Stadt, was das Thema Grenze betrifft.

Vor dem Hintergrund dieser Geschehnisse bin ich besonders dankbar, dass ich im Jahr 2015 den Brückenschluss zwischen Kehl und Straßburg zur Verlängerung der Tramlinie D erleben durfte. Damit die Tram grenzüberschreitend fahren konnte, wurden im belgischen Eeklo extra Brückenteile angefertigt und über den Rhein nach Straßburg verschifft.

In zweijähriger Bauzeit wurde die Trambrücke fertiggestellt, die offiziell Beatus-Rhenanus-Brücke heißt und für Straßenbahnen, Fußgänger und Radfahrer geeignet ist. Als der Brückenschluss kam, sind wir zu Fuß aufeinander zugegangen, die Delegationen beider Grenzstädte: Ich aus der Kehler Richtung, Straßburgs OB Roland Ries von der anderen Seite aus. In der Mitte haben wir uns getroffen.

Eigentlich ein reiner PR-Termin, doch als es so weit war, begriff ich den emotionalen Tiefgang der Szene. Der war enorm. Und ich durfte schon in meinem zweiten Amtsjahr als OB spüren: Straßburg und Kehl sind mit ihren Menschen das Labor Europas. Das können auch viele andere Städte für sich in Anspruch nehmen, aber wenn es um europäische Themen geht, spielen Deutschland und Frankreich immer eine besondere Rolle.

Die Jungfernfahrt der Tram war für den 28. April 2017 geplant. Wir hatten bis Anfang des Jahres die Hoffnung, dass Bundeskanzlerin Angela Merkel unserer Einladung folgen würde. Und zwar zusammen mit dem damaligen französischen Präsidenten François Hollande. Ich hatte mir das ausgemalt, weil Merkel im

Zusammenhang mit dem NATO-Gipfel im Jahr 2009 in Kehl die Fußgängerbrücke „Passerelle" als „Friedensbrücke" bezeichnet hatte. Es gab also einen Bezug. Außerdem war die Trambrücke als deutsch-französisches Projekt ein Pfund – mit einer Größenordnung von 24,3 Millionen Euro. Und es passte in die Zeit, speziell nach den Attentaten.

Aber mit jedem Tag, an dem es keine Rückmeldung gab, schwand die Hoffnung auf das Erscheinen von Angela Merkel. Dann sind wir vorgeprescht und haben im Kanzleramt-Büro in Berlin angerufen. Doch dort wurde signalisiert: Die Kanzlerin kommt nicht. Wenig später folgte eine schriftliche Absage. Was tun?

Wir hatten die Option, Baden-Württembergs Ministerpräsidenten Winfried Kretschmann als Hauptredner zu engagieren. Aber es waren reichlich Gelder vom Bundesverkehrsministerium geflossen. Deshalb betrachteten wir die Brücke als Bauwerk von nationaler Bedeutung – vor allem wegen der Grenzüberschreitung. Auf bundespolitischer Ebene sah ich nur die Chance, den Offenburger Abgeordneten Wolfgang Schäuble zu bitten. Er war auch ein profunder Europa-Politiker. Und Bundesfinanzminister.

Gesagt, getan. Doch es stellte sich rasch heraus: Schäuble war am 28. April schon verplant. Er hatte bei einer Veranstaltung in Dresden zugesagt. Aber lumpen ließ er sich nicht. „Herr Vetrano, ich versuche, Ihnen Herrn Altmeier zu schicken", bot er an. Peter Altmeier war Kanzleramtsminister. Im ersten Moment dachte ich: „Na ja, okay." Aber dann fiel mir ein, ich hatte gelesen, dass Altmeier im Saarland aufgewachsen war. In dem Moment gefiel mir das Ganze schon viel besser.

Dann ist das ja einer mit deutsch-französischen Bezügen, überlegte ich.

Unsere französischen Partner in Straßburg hatten Peter Altmeier als Politiker nicht auf dem Schirm. Als wir ankündigten, er werde die Bundesregierung bei der Einweihung der Tram repräsentieren, fragten sie entgeistert: „Peter, qui ...?" Sie wussten nicht, dass ein Minister im Kanzleramt Rang und Stimme im Bundeskabinett hat. Von daher bertrachteten sie „Monsieur Altmeiäääär" als eine Art Sekretär der Kanzlerin.

Altmeiers Anreise verlief holprig. Auf Vorschlag meiner Pressesprecherin Annette Lipowsky buchte das Büro Altmeier einen Flug von Berlin zum Baden Airport in Söllingen. Doch der wurde am Morgen des 28. April in letzter Minute gecancelt. Worauf der Kanzleramtsminister in einen Bundeswehrhubschrauber kletterte. Der brachte ihn zu dem kleinen Flugplatz in Kehl-Sundheim.

Ein Nadelöhr war schließlich noch Altmeiers Rede. Unserer Bitte, den Text im Vorfeld schriftlich zu erhalten, um ihn ins Französische übersetzen zu können, folgte die schroffe Antwort: „Herr Altmeier spricht immer frei!" Wir baten dann, Herr Altmeier möge auch einige Worte in französischer Sprache an unsere Straßburger Partner richten.

Das tat er. Aber jetzt kommt's: Was Peter Altmeier an diesem 28. April 2017 abgeliefert hat, war eine der bewegendsten Reden, die ich jemals live gehört habe. Mit einem Mix aus seiner Biografie zwischen Saarland und Lothringen, den damit verbundenen Erlebnissen plus geschichtlichen Daten, vorgetragen mal deutsch, mal französisch, erreichte er die Herzen aller Gäste.

Tram-Jungfernfahrt am 28. April 2017 mit viel Politikprominenz – rechts der damalige Kanzleramtsminister Peter Altmeier

Zu denen gehörten Baden-Württembergs Verkehrsminister Winfried Hermann, Regierungspräsidentin Bärbel Schäfer, Landrat Frank Scherer, diverse Staatssekretäre sowie Abgeordnete diesseits und jenseits des Rheins.

Altmeier ließ eine Glanzrede vom Stapel und löste im Publikum Freudentränen aus. Er hat diesen Tag einzigartig gemacht und sogar ein bisschen vergessen lassen, dass die Kanzlerin nicht nach Kehl gekommen war. Vielleicht sollte das einfach so sein.

Die Tram und der Brückenschluss waren das Leuchtturmprojekt in meiner Zeit als OB von Kehl. Drumherum gab es unzählige Konzepte deutsch-französischer Zusammenarbeit: die deutsch-französische Arbeitsagentur, die INFOBEST, das Euro-Institut, der Eurodistrikt, die deutsch-französische Kinderkrippe – die Liste der Themen ist lang.

Das lief nicht immer reibungslos. Im Gegenteil: Viele Projekte wurden erst dadurch in Gang gebracht, indem man sich auf deutscher und französischer Seite arrangiert hat. Durch Vereinbarungen, welche unterschiedliche Gesetze oder Tarifsysteme passend gemacht haben. Immer nach dem Motto: Wo ein Wille ist, da ist auch ein Weg.

Die Menschen beobachteten das mit Argusaugen. Das hatte ich bereits im Wahlkampf gespürt. Da fragte mich ein Bürger: „Parlez-vous français? Et pouvez-vous faire un discours avec le maire de Strasbourg?" Ob ich französisch könne und mir zutraue, mit dem OB von Straßburg Gespräche zu führen, wollte der wissen. Er war kein Franzose, sondern Deutscher und wollte nur meine Französisch-Kenntnisse abklopfen. Ich erlaubte mir, seine Fragen auf Französisch zu bejahen: „Oui, je parle français très bien et je crois, que je peux faire un discours avec le maire." Dann fuhr ich auf Deutsch fort: „Meine Damen und Herren, Sie wissen aber, dass ich OB von Kehl werden möchte – und nicht von Straßburg."

Die Halle war begeistert. Und ich wusste: Jetzt habe ich einen Punkt gemacht! Das war ein Treffer in die Mitte der Zielscheibe.

Gleichzeitig habe ich schnell gemerkt, dass man mit diesen deutsch-französischen Momenten sehr sensibel umgehen muss. Dass es auch Kräfte gibt, die sie ablehnen. Weil diese Menschen voller Vorurteile stecken. Es gab die typischen Kehler Klischees: Die Raser durch die Stadt – das sind die Franzosen! Oder: Die Falschparker – gefühlt alle aus Frankreich! So wird das tatsächlich wahrgenommen.

Läuft man am Samstag über die Parkplätze in Kehl, sieht man mindestens 50 Prozent französische Kennzeichen. Ich sage: Gott sei Dank kommen so viele Franzosen nach Kehl, denn sie bringen durch ihre Umsätze dem Einzelhandel, der Gastronomie und dem Tourismus der Region einen Gewinn.

Es konnte aber auch schwierig werden. Immer wieder musste ich mir anhören: „Herr Vetrano, wir haben das Gefühl, sie kümmern sich mehr um Straßburg als um Kehl!" Selbstverständlich war dem nicht so.

Verstehen konnte ich dieses Gefühl trotzdem. Einfach deshalb, weil jede Interaktion zwischen Kehl und Straßburg medial ein viel größeres Echo hatte als reine Kehler Themen. Dazu kam, dass sich überregionale Zeitungen sowie Radio- und Fernsehsender auf diese deutsch-französischen Themen stürzten. Das führte zu der Wahrnehmung vieler Kehlerinnen und Kehler: Gestern bei der Sportveranstaltung hat der OB gefehlt, aber in Frankreich, da turnt er rum.

Wie gesagt: Das konnte ich nachvollziehen. Ganz im Gegenteil zu den undifferenzierten Vorurteilen, die unterwegs waren. Auch und gerade in Sachen Tram. Ganz ehrlich: Wenn die Stadt Kehl einen Bürgerentscheid veranstaltet hätte, weiß ich nicht, ob jemals eine einzige Tram von Kehl nach Straßburg gefahren wäre. Das Projekt war mit vielen negativen Klischees behaftet: Da kommt noch mehr Gesocks über die Grenze; die Kriminalität wird steigen; dazu die Spielcasinos und Shisha-Bars. Auch medial war es sehr schwierig, weil dort weniger die Chancen erkannt als vielmehr die Risiken gesehen wurden. Ich habe großen Respekt davor, wie mein Vorgänger Günther Petri dieses europäische

Jahrhundertprojekt mit viel Rückgrat durchgeboxt hat. Und ich bin sehr dankbar, dass ich es als OB zu Ende führen durfte.

Es wurde immer von den 104 Millionen Euro gesprochen, welche die Tram verschlungen hat. Aber sachte: für Kehl waren das nicht 104, sondern 44,8 Millionen. Abzüglich der Zuschüsse blieb ein Eigenanteil von rund 17 Millionen Euro. Bloß: Für andere Dinge wären diese Zuschüsse nicht geflossen. Das haben viele Menschen nicht verstanden.

Mit Europa ist es wie mit allem anderen: Die Vorzüge, in dem Fall Freizügigkeit und Warendurchlässigkeit, nehmen wir gerne in Anspruch. Aber wenn Herausforderungen kommen, wird Europa sehr fragil.

Die Flüchtlingskrise 2015 hat gezeigt, wie schnell es mit der Solidarität vorbei sein kann. Auch Corona war ein Brennglas für die Stabilität Europas. All diese Dinge schossen mir durch den Kopf, als Tobias Lehmann von der Bundespolizei die kleine Feier meines 56. Geburtstages am 12. März 2020 jäh beendete, indem er mir für die folgende Nacht die Grenzschließung ankündigte.

Er sagte: „Das ist noch geheim. Sie dürfen nicht darüber sprechen!" Eine Ausnahme räumte er mir ein: den Oberbürgermeister von Straßburg.

Meinen Gästen schwafelte ich was vor von „deutsch-französischer Herausforderung wegen Corona" und verzog mich nach oben in mein häusliches Büro. Von dort aus gab ich Roland Ries Bescheid. Aber ich konnte ihn nicht dazu vergattern, die Nachricht für sich zu behalten. Und so tat er, was ich an seiner Stelle auch gemacht hätte: Er informierte die verantwortlichen französischen Politiker aus der „Assemblée Nationale" und aus dem Senat in Paris. Und diese Politiker haben dann gemacht, was ich an ihrer Stelle ebenfalls getan hätte: Sie riefen ihre Pendants in Deutschland an. Es haben also französische Politiker die Bundes- und Landtagsabgeordneten aus der Ortenau und Südbaden informiert.

Währenddessen saß ich in meinem Büro und hatte Kopfkino. Bis mich das Handy aus meinen Gedanken riss. Peter Weiß, der Bundestagsabgeordnete des Wahlkreises Emmendingen, meldete sich. Er hat am gleichen Tag Geburtstag wie ich, aber deswegen hatten wir noch nie telefoniert. Weiß gratulierte mir und fragte: „Wie geht's?" „Na ja, gut", antwortete ich. Was sollte ich auch sagen? Ich durfte ja nicht ...

Dann meinte er: „Toni, da ist noch jemand, der dir gratulieren will." Er reichte den Hörer weiter, und ich hatte Andreas Jung am Ohr, der für den Wahlkreis Konstanz im Bundestag saß. Gleichzeitig war er Co-Vorsitzender der Deutsch-Französischen Parlamentarischen Versammlung.

Jung kam sofort auf den Punkt: „Toni, sag' mal, stimmt das mit der Grenzschließung?"

„Ja, Andreas", sagte ich, „zumindest ist es die Aussage der Bundespolizei. Und darauf vertraue ich." Der nächste Satz von Jung schockierte mich: „Die Kanzlerin weiß nichts davon."

„Wow", dachte ich, „das ist eine Nummer: Der OB von Kehl weiß es und die Kanzlerin nicht."

Später stellte sich heraus, dass die geplante Schließung eine Aktion unter Innenministern war – zwischen Horst Seehofer vom Bund und Thomas Strobl vom Land.

Den ganzen Nachmittag über tagte in Berlin die erste Elefantenrunde zum Thema Corona mit allen Ministerpräsidenten und der Kanzlerin. Ganz Deutschland wartete gebannt auf die Ergebnisse. Doch in den Nachrichtensendungen am Abend und den anschließenden „Brennpunkten" zu diesem Thema fiel kein Sterbenswort von einer Grenzschließung in Kehl. Was auch immer passiert war: Die Sache wurde im letzten Moment zurückgepfiffen. Die Schließung fand an diesem Abend nicht statt. Tobias Lehmann gab mir eine entsprechende Information. Vier Tage später war es aber doch so weit. Die Grenze an der Europabrücke wurde dicht gemacht. Ich empfand diese Aktion zu keinem Zeitpunkt als schlüssig. Grenzkontrollen oder Testnachweise wären in dieser heiklen Situation okay gewesen. Aber ich habe mich innerlich gewehrt gegen eine generelle Grenzschließung. Dass man sagt: „Hier an der Brücke müssen wir Leute zurückschicken, weil wir sonst infiziert werden."

In der Tat brachte die Schließung viele unschöne Momente mit sich. Familien wurden getrennt. Pflegebedürftige Personen konnten nicht mehr von ihren Angehörigen versorgt werden. Von beruflichen Zwängen ganz zu schweigen.

Ein Drittel der arbeitenden Bevölkerung Kehls kommt aus Frankreich. Auch zwischenmenschlich gab es schlimme Szenen. Deutsch-französische Familien, die es gewohnt waren, Französisch zu sprechen, wurden in den Läden beschimpft und aufgefordert, nach Frankreich zu verschwinden.

Die Polizeifahrzeuge und die Absperrung auf der Europabrücke lösten in mir ein beklemmendes Ge-

Wiedereröffnung der Grenze – die beiden Oberbürgermeister Roland Ries und Toni Vetrano auf der Passerelle des Deux Rives

fühl aus. Andererseits spürte ich auch die Dankbarkeit jenseits der Grenze für Intensivbetten und Beatmungsplätze in Deutschland.

Am 16. Juni 2020 war der Spuk vorbei. Im Zuge der abflauenden ersten Corona-Welle wurde die Grenze wieder geöffnet. Roland Ries und ich begrüßten uns demonstrativ auf der Passerelle. Corona-konform per Ellbogencheck. Das Foto ging viral und hatte einen Touch von Winnetou und Old Shatterhand.

„Ich war enttäuscht über die nationale, ja nationalistische Reaktion zu Anfang", sagte Ries in seinem Statement. Das Virus habe die Verletzlichkeit des europäischen Gebildes offenbart. „Gemeinsame Infrastrukturen sind wichtig", sagte das Straßburger Stadtoberhaupt, „aber noch wichtiger ist es, die Barrieren in den Köpfen herunterzureißen."

Damit sprach er mir aus dem Herzen. Ich hatte schon lange begriffen: Wenn die Grenzen offen waren,

ging es den Menschen gut. Aber wenn sie geschlossen waren oder gar Brücken gesprengt wurden, ging es ihnen schlecht. Das ist die Schicksalsgeschichte dieser Region, speziell der Stadt Kehl.

Für mich haben all die deutsch-französischen Momente bekräftigt: Es gibt keine Alternative zu Europa! Ich trage aufgrund meiner Herkunft auch sizilianisch-italienische Momente in mir und weiß: Es muss gelingen, die Menschen noch näher zusammenzubringen. Nur über Begegnungen und das gegenseitige Verständnis kann man sich näherkommen, was letztlich zu Frieden und Wohlstand führt. Die Themen Fremdsein, Flüchtlinge, Europa und Zusammenhalt waren in jeder Situation und Interaktion in Kehl präsent. Wie in meinem Leben auch.

Der Präsident des Problems

Vor diesem letzten Kapitel ist zumindest eine Frage noch offen: Wie wird aus einem Sozialarbeiter ein Bürgermeister und OB? Ist das nicht ein Umweg? Womöglich ein Irrweg? Oder gar ein Holzweg? Manche mögen so denken. Vielleicht sogar die meisten. Nur so viel vorweg: Auf meinem Weg in zwei Rathäuser gab es ein paar Schlüsselfiguren und eine Schlüsselszene.

Die erste Kreuzung meines Lebens kam nach dem Abitur. Ich musste entscheiden: Studiere ich Betriebswirtschaft? Oder läuft es auf einen pädagogischen, also helfenden Beruf hinaus? Ich war hin- und hergerissen. Die Zeit auf dem Wirtschaftsgymnasium hatte mich zwar Richtung BWL geführt, andererseits war ich als Ministrant, Mitglied der Katholischen Jugend, Pfadfinder sowie später als Leiter von Jugendgruppen eng mit der Jugendarbeit verbunden – was auch Sozialarbeit bedeutete.

Kurzum: Im Oktober 1985 begann ich an der Katholischen Hochschule für Sozialwesen und Religionspädagogik in Freiburg ein Studium der Sozialarbeit. Leute, ich kann euch sagen: Das war ein anderes Spielfeld als zuvor. Und schockverliebt wie Thomas Tuchel anfangs in seinen FC Bayern war ich nicht. Ich kam aus meiner beschaulichen, behüteten Offenburger Kleinstadt-Welt in eine revolutionäre, anarchistische und fordernde Studentenschaft.

Klar: Im Vergleich zu den 68er-Revolten um Rudi Dutschke war das ein Kindergeburtstag. Doch mir wurde schon ein bisschen anders, als ich am zweiten Tag das Plakat las: „Entweder die Klausuren werden einfacher – oder wir sprühen!" Gemeint waren die Wände der Hochschule. Eine derart rabiate Vorgehensweise kannte ich bis dato nicht. Und so etwas lag auch nicht in meiner DNA. Im konkreten Fall ging es um einen Jura-Professor, der bei einer Klausur zum Thema Familienrecht 75 Prozent der Prüflinge hatte durchfallen lassen.

Nach ein paar Monaten hatte ich das Gefühl, dass es Kommilitonen gab, die öfter auf Demos unterwegs waren, als sie in Vorlesungen saßen. Trotz oder gerade wegen meiner braven, zurückhaltenden Art, die ich mitbrachte, eröffnete mir diese Form der Auseinandersetzung eine neue Welt des Dialogs.

Demonstrieren, Plakate malen, Transparente hissen und Parolen durchs Megafon brüllen – das war eindeutig nicht meine Welt. Trotzdem waren diese Erfahrungen eine hilfreiche Vorstufe für meine spätere politische Tätigkeit. Auf jeden Fall hatte ich großen Respekt davor, wie die Studenten angstfrei ihre Meinung äußerten. Und zwangsläufig setzte ich mich mit Inhalten auseinander, die beileibe nicht immer meiner Ansicht entsprachen – aber schließlich kamen sie von meinen Kommilitonen, mit denen ich auch Teile meiner Freizeit verbrachte.

Was immer das mit mir machte: Von den vielen möglichen Studienschwerpunkten wählte ich die Gemeinwesenarbeit, inzwischen besser bekannt als Quartiersarbeit. Grob gesagt, geht es dabei um die Lebensbedingungen in einem Wohnviertel. Nebenbei bemerkt: Das ist eine Tätigkeit, die auch politisches

Denken und Geschick erfordert. Vielleicht wurde auf diese Weise gleich im ersten Semester der erste Impuls für später gesetzt.

Freiburg war jetzt meine neue Heimat – dachte ich zumindest. Doch die Wahrheit ist: Ich habe dort trotz profunder Ortskenntnisse nie Wurzeln geschlagen. Sowohl das Elternhaus als auch meine damalige Partnerin, die Musik-Band „Formula 3" und mein Mitwirken als Gitarrist im Blasorchester Berghaupten führten dazu, dass ich häufig in Offenburg war. Nicht nur an den Wochenenden.

Ab dem vierten Semester gab ich meine Studentenbude in Freiburg auf und pendelte. Zumal zwei Praxissemester anstanden, die ich in Achern absolvierte. Dabei ging es um ein Gemeinwesen-Projekt in Oberkirch. Es war eine versteckte Studie. Untersucht wurden die Wohn- und Lebensverhältnisse in einem Quartier vor dem Hintergrund der Überlegung, ob man die Bewohner umsiedeln kann, weil dort eine Umgehungsstraße geplant war.

Unsere Projektgruppe tagte alle zwei Wochen mit hochkarätigen Beratern, die mich geprägt haben. Da tauchte zum einen Stefan Karolus auf, der Sozialdezernent des Ortenaukreises, vor allem aber Helmut Schwalb, Professor an meiner Hochschule. Er war eine fordernde Persönlichkeit mit hohem Anspruch. Und er führte uns immer wieder an den entscheidenden Punkt: „Ich möchte in Ihren Berichten lesen: Wo fallen die Entscheidungen? Und wer entscheidet?" Anfangs waren wir überfordert. Aber dann kamen wir der Sache auf den Grund, indem wir Gemeinderatssitzungen in Oberkirch besuchten sowie Sitzungen des Kreistages.

Nach dem Studium traf ich auf einen angespannten Arbeitsmarkt. Es gab kaum freie Stellen. Schließlich verhalfen mir meine italienischen Sprachkenntnisse zum ersten Job. Am 1. September 1989 begann ich beim Caritasverband in der Beratungsstelle für italienische Mitbürger in Ludwigsburg. Heute firmiert das unter Migrationsdienst.

Ich lebte in einer 1,5-Zimmer-Wohnung in Stuttgart-Zentrum und erfreute mich beruflich der Unterstützung erfahrener Leute. Eigentlich wär's ganz „oifach gwäsa" im „Schwoba-Ländle". Ich lernte jede Menge netter Menschen kennen, dazu beschauliche, hübsche schwäbische Städtchen wie Calw, Esslingen oder Künzelsau. Ich hatte rasch Kontakt zu einer Kabarett-Gruppe in Möglingen. Bernd Ruf, ein Freund aus Gengenbach, der später als Dirigent, Klarinettist, Saxophonist sowie Produzent und Dozent eine Musik-Persönlichkeit von Weltformat wurde, studierte in Stuttgart und suchte einen Gitarristen. Außerdem gab ich an der Volkshochschule Italienisch-Kurse. Wobei ich nie dahinterkam, ob mich die schwäbischen Teilnehmer wegen meines badischen Akzents angelächelt, belächelt oder gar ausgelacht haben.

Wie auch immer: Ich wurde nicht sesshaft. Das Netzwerk in Offenburg war stärker als die Neugier auf einen Neuanfang. Erschwerend hinzu kamen Freunde, Familie, die Musik und viele liebgewonnene Gewohnheiten. Außerdem hatte ich stets im Hinterkopf, dass mir mein Mentor Stefan Karolus schon ganz früh signalisiert hatte: „Wann immer Sie zurück wollen in die Ortenau, bekommen Sie die Chance, sowie eine Stelle frei ist!"

Es ging flott: Schon am 2. Juli 1990 war es so weit. Sechs Tage vor dem Triumph der deutschen National-elf im WM-Finale von Rom wechselte ich zum Land-ratsamt in die Außenstelle Achern. Meine Aufgabe: die Betreuung von Asylbewerbern. Das war zunächst eine Halbtagsstelle. Parallel jobbte ich in einem Offenburger Copyshop.

In den Sommerferien folgte eine weitere, kleine Weichenstellung. Bereits elf Jahre lang war ich als Be-treuer bei der Sport- und Freizeitwoche in Offenburg am Ball gewesen. Stets unter der kompetenten Leitung meines früheren Lehrers und Schulrektors Jess Habe-rer. Bei der alljährlich vorgeschalteten Pressekonferenz ernannte er mich kraft souveräner Willkür, sprich ohne Absprache, zu seinem Stellvertreter. Das war ein Rit-terschlag, zumal ich fünf Jahre später die Leitung der Sportwoche von Haberer übertragen bekam. Diese intensive Woche mit den Schülerinnen und Schülern, für die ich Sonderurlaub beim Landratsamt erhielt, war eine kleine Lebensschule und hat mir eine Menge gegeben. Ich behielt dieses Amt, bis im Jahr 2001 der Wahlkampf für das Bürgermeisteramt in Durbach be-gann.

In Sommer 1990 war das Thema Bürgermeister noch verdammt weit weg. Im folgenden Jahr wechselte ich erst einmal nach Wolfach in die Sozial- und Jugend-hilfe, ab 1993 übte ich diese Tätigkeit in Offenburg aus. Dort ganztags.

Und dann kam der Tag, an dem ich komplett um-dachte.

Im Rahmen des Sozialen Dienstes waren wir auch zuständig für die Frage, ob Jugendliche fremd untergebracht werden müssen – im Heim oder in einer Pflegefamilie. Eltern können das mit ihrem Kind einvernehmlich beschließen und durchführen. Dann aber gibt es dafür kein Geld von der Jugendhilfe. Die Notwendigkeit einer solchen Jugendhilfe musste von uns Sozialarbeitern festgestellt werden, und zwar im Team durch einstimmigen Beschluss.

Soweit die Theorie.

Dann kam ein Ehepaar mit dem dringenden Wunsch, ihr Kind in ein Heim zu geben. Wir kündigten eine gründliche Prüfung der Umstände an: „Ehe das Kind in ein Heim kommt, führen wir Familiengespräche durch." Worauf die Frau entgegnete: „Wenn Sie das machen, finden Sie heraus, dass wir Eheprobleme haben. Das kann ich Ihnen gleich sagen."

Das Paar stellte einen Antrag auf Jugendhilfe. Wir erörterten den Fall im Team und teilten der Leistungsabteilung mit: „Wir sehen keine Notwendigkeit einer Heimunterbringung." Worauf der Antrag abgelehnt wurde.

Ein paar Wochen später wendete sich das Ehepaar an eine höhere Stelle im Amt und hatte einen Rechtsanwalt am Start. Mit allen Regeln der Kunst versuchten sie, unseren Bescheid umzubiegen. Was ihnen letztendlich gelang. Denn es wurde entschieden: Das Kind kommt ins Heim. Damit hätte ich leben können, wenn auch zähneknirschend. Als aber meine Chefin zusätzlich die Anweisung überbrachte, dass der Teambeschluss dahingehend geändert werden müsse, konnte ich nicht mehr mitgehen. Ich sagte: „Wenn wir fachlich zu einer Ablehnung kommen, bleibt es auch bei diesem Ergebnis." Da die Teambeschlüsse einstimmig sein mussten, enthielt ich mich und ließ im Protokoll vermerken, dass ich dagegen sei. Das brachte mir einen ordentlichen Einlauf meiner Chefin ein. Ich wurde zusammengestaucht. Anschließend war ich fix und fertig. Ich stand am Fenster, schaute hinaus und hätte kotzen können. Dann sagte ich mir: „Nee, nicht noch weitere 35 Jahre so!" In dem Moment war mir auch klar: „Wenn du selbst Einfluss nehmen willst, dann musst du dich politisch betätigen."

Am Nachmittag desselben Tages rief ich Jess Haberer an und teilte ihm mit: „Ich bin bereit, in die Politik zu gehen." „Das passt prima", freute sich das Schlachtross der Offenburger CDU. „Nächstes Jahr sind Kommunalwahlen. Da nehmen wir dich auf unsere Liste", sagte Haberer. Das war die erste Tuchfühlung mit dem Thema Politik. Ein Bürgermeisteramt war immer noch weit hinterm Horizont. Trotzdem schien es mir ein Wendepunkt in meinem Leben zu sein.

Zunächst jedoch stand die Fortbildung zum systemischen Familienberater im Vordergrund. Mein Ding war das nicht. Weder erkannte ich den Wert, noch hatte ich die Muse dazu. Denn ich war als Musiker nebenbei ordentlich im Geschäft. Doch Karolus forcierte diese Ausbildung. Es gab kein Entrinnen. Widerstand wäre Majestätsbeleidigung gewesen – zudem chancenlos. Denn eines konnte der Sozialdezernent: seinen Willen durchsetzen.

Nach einem Jahr unterbrach ich die Maßnahme. Ganz ehrlich: Ich hatte andere Flöhe im Kopf. Das Musik-Duo „Claudio & Toni", bei dem ich der Partner meines singenden Freundes Claudio Versace war, wurde gut gebucht. Dann gab es die Band sowie die eine oder andere Gala, bei der ich als Conférencier auftreten durfte. Das war damals unsere Welt, unsere Realität, in der wir uns bis ins Fernsehen träumten. Claudio hat das später tatsächlich geschafft und bei RTL in der „Soundmix-Show" von Linda de Mol erfolgreich mitgemischt. Für mich reichte es zu einer Entertainment-Zeit, in der ich viel gelernt habe und Spaß hatte.

Trotz aller Begeisterung für die Bühnen-Performance war mir jedoch klar: Die beruflichen Wurzeln sind nun mal die Sozialarbeit. Also kniff ich die Pobacken zusammen und schloss 1995 die Familienberater-Geschichte ab, was bedeutete: Das Musik-Duo wurde des Öfteren auf Solo-Auftritte von Claudio reduziert. Trotz der üppigen Zeit, die ich damals in die Musik investierte, bot mir Karolus 1996 die Stelle des kommunalen Suchtbeauftragten im Ortenaukreis an.

Bei den meisten Menschen löst diese Bezeichnung die Vorstellung aus, ich hätte konkret mit Drogenabhängigen und deren Alltag zu tun gehabt. Das muss auch Claudio so verstanden haben. Jedenfalls bastelte er in seinem drolligen deutschen Sprachschatz eine Definition des „Suchtbeauftragten" zusammen, die in jedem Kabarett Platz gefunden hätte. Wurde Claudio gefragt, was sein musikalischer Partner Toni Vetrano hauptberuflich mache, antwortete er mit einer Gegenfrage: „Kennst du diese Drrrroge?" „Weißt du, diese Drrrroge, die macke kaputt die junge Leute ..." Das begriff jeder. Und dann kam's: „Weißt du, Toni, ist er Vorsitzende von diese Problem!" Ich war also der Vorsitzende, der Präsident des Drogen-Problems. Diese Herleitung ist bis heute in jeder Runde ein garantierter Schenkelklopfer.

All jenen, die es genauer wissen wollen, sei erklärt: Aufgabe eines Suchtbeauftragten ist die Suchthilfeplanung im Rahmen der Sozialplanung. Ich hatte die Öffnungszeiten von Beratungsstellen zu koordinieren – damit beispielsweise in Kehl nicht montags und dienstags sowohl die Caritas als auch die Diakonie eine Beratung anboten, aber mittwochs und donnerstags keiner von beiden. Ich stellte auch fest, wo es Hilfen gab, ob es zu viele Hilfen gab, wo Defizite waren. Da half meine Vernetzung mit Kollegen aus anderen Landkreisen. Die Aufgabe hatte zudem eine politische Dimension: Die Beratungsstellen befanden sich im ständigen Rechtfertigungsmodus, weil sie Geld vom Land bekamen.

Revolutionär im Rahmen meiner Tätigkeit war: Ich habe mit Apotheken und Beratungsstellen den Spritzenaustausch organisiert. Das heißt, die Drogenabhängigen konnten ihre schmutzige Spritze gegen eine sterile eintauschen. Was aber keine Unterstützung ihrer Sucht bedeutete. Vielmehr diente es dazu, dass die gebrauchten Spritzen sachgemäß entsorgt wurden und nicht auf Kinderspielplätzen rumlagen. Entsprechende Verbesserungen ließen sich nachweisen.

Mein Job als Suchtbeauftragter war einerseits Koordinations- und Verwaltungsarbeit, auf der anderen Seite aber auch politische Überzeugungsarbeit – und damit ein weiteres Sprungbrett. Ich lernte, politische Spielfelder zu nutzen. Außerdem musste ich Expertenrunden einberufen, Runde Tische mit Justiz, Beratungsstellen und Jugendbegleitern organisieren. Mein Chef Stefan Karolus ließ mir weitgehend freie Hand, was bei ihm bedeutete: „Sie können machen, was Sie wollen – nach Absprache mit mir!"

In dieser Zeit habe ich an der Verwaltungs- und Wirtschaftsakademie, kurz VWA, in Offenburg noch ein Abendstudium der Betriebswirtschaftslehre draufgesattelt. Neben dem Fachwissen brachte es zwei gute emotionale Gedanken. Der erste war: Ich habe doch noch um die Ecke herum BWL studiert, was ja nach dem Abitur ein großes Thema gewesen war. Außerdem hatte ich das Gefühl: Mit dem neu erworbenen wirtschaftlichen Wissen addierte sich meine Berufserfahrung als Sozialarbeiter nicht nur, sie multiplizierte sich sogar um einiges.

Bei den Kommunalwahlen 1994 fuhr ich zwar ein gutes Ergebnis ein, doch es reichte noch nicht zu einem Mandat im Offenburger Gemeinderat. Was mich jedoch nicht irritierte. Ich blieb in der Spur und verfolgte die Dinge weiter. Fünf Jahre später wurde ich in den Gemeinderat gewählt und gleichzeitig CDU-Vorsitzender von Offenburg.

Ich lernte viele Bürgermeister kennen und habe mit ihnen zusammengearbeitet. Was mich dazu ermutigte, im Dezember 2000 für das Amt des Bürgermeisters von Hornberg zu kandidieren. Ich erzielte dort 44 Prozent im zweiten Wahlgang, zog aber den Kürzeren gegen Siegfried Scheffold aus Wolfach.

Das Ergebnis war gut genug, um im Gespräch zu bleiben – und der Wahlkampf wieder mal eine kleine Ausbildung gewesen. Man ist mittendrin im Geschehen, nicht nur dabei. Zuweilen muss man Antworten parat haben, die man gar nicht kennt. Das bedeutet: improvisieren. Oder die Souveränität zu entwickeln, eine Wissenslücke einzugestehen, um sich anschließend schlauzumachen.

Die Grundausbildung für meine Bürgermeister-Zeit war damit abgeschlossen. Im Herbst 2001 kandidierte ich in Durbach und löste dort Amtsinhaber Wolfgang Pühler ab. Und 2014 wurde ich zum Oberbürgermeister der Stadt Kehl gewählt.

Wie schon erzählt: Als Durbach Besuch von der Partnerstadt Châteaubernard hatte, bemerkte deren Bürgermeister Jean-Claude Faymendie: „Den Beruf von Monsieur Vetrano finde ich gar nicht unüblich. Für mich ist ein Bürgermeister grundsätzlich ein Sozialarbeiter."

Genau so habe ich es selbst empfunden. In den 21 Jahren als Gemeindeoberhaupt konnte ich vielen Menschen helfen. Ob als Bürgermeister– oder als Präsident des Problems.

Grazie!

Als ich die Entertaste drückte, um die letzte meiner acht Geschichten an den Verlag zu senden, war ich von einem tiefen Gefühl der Dankbarkeit erfüllt. Ich fühlte eine besondere Leichtigkeit, durchsetzt mit Humor, eine Art von Gelassenheit und ein Gefühl der Freiheit. Diese Empfindungen, die auch Anselm Grün mit Dankbarkeit verbindet, kamen mir in den Sinn, weil ich dankbar dafür bin, dass ich mich auf den neuen, unbekannten Weg mit diesem Buch gewagt habe. Ich möchte meine Dankbarkeit gegenüber all jenen ausdrücken, die mich auf dieser Reise begleitet haben:

Julia Lorenzer und Fabian Macher, ihres Zeichens in Italien lebende Autoren und Lektoren mit bayerischen Wurzeln sowie profunde Sizilien-Kenner, haben mir wertvolle Impulse gegeben.

Annette Lipowsky für die wertvollen und ermunternden Ratschläge.

Rolf Wittmeier im Kreis der Lektoren zu haben, ist ein Volltreffer.

Jess Haberer bleibt auch 44 Jahre nach meiner Zeit auf der Georg-Monsch-Schule in Offenburg mein bester Lehrer.

Frank Mildenberger für die Realisierung dieses Buches. Sehr beeindruckend war, wie der Verleger selbst beim Fotoshooting für das Cover Regie geführt hat.

Armin Krüger für das tolle Titelfoto.

Mit Thomas Kastler habe ich unzählige Stunden in Gesprächsrunden verbracht. Schön, dass ich mein inneres Bilderbuch neu sortieren durfte. Offen blieb dabei die Frage, ob ich während dieser Zeit mehr Schwabe oder er mehr Sizilianer geworden ist.

Meine Frau Claudia und unsere Kinder Marcel, Christina und Julia sind mit ihrem Vertrauen, ihrer Zuneigung und Liebe meine beständige Kraftquelle.

Und nicht zu vergessen: Gioa, unsere Bobtail-Hündin, die mich regelmäßig zu ausgedehnten Spaziergängen in den Reben treibt, wo ich jede Menge Inspiration für diese Geschichten sammeln konnte.

Toni Vetrano

Danke

Für einen Sportjournalisten war dieser Ausflug ins richtige Leben ein kleines Abenteuer, bei dem der Tritt mit jedem Kapitel fester wurde. Die Reise war spannend und führte mich bis nach Caltabellotta auf Sizilien und zur besten Pizza „ever" in Sciacca.

Ich danke Toni Vetrano ganz besonders für sein Vertrauen, für seine Offenheit und Ehrlichkeit im Erzählen und beim Austausch.

Unbekannterweise danke ich Julia Lorenzer und Fabian Macher, die mit ihrem Lektorat einem alten Fahrensmann neue Dinge aufgezeigt haben.

Thomas Kastler

Toni Vetrano

Jahrgang 1964

Im Alter von 9 Monaten kam der gebürtige Sizilianer in die Ortenau. Dem Studium der Sozialarbeit folgten zunächst Anstellungen beim Caritasverband und dem Landratsamt Ortenaukreis. Nach 21 Jahren als Bürgermeister und Oberbürgermeister ist der diplomierte Sozialarbeiter und Betriebswirt selbstständig tätig mit dem Schwerpunkt systemische Beratung in mittelständischen Familienunternehmen.

Thomas Kastler

Jahrgang 1957

Der gebürtige Heidenheimer kam mit sechs Jahren nach Offenburg, studierte später Betriebswirtschaftslehre in Berlin und stieg dann in den Journalismus ein. Heute ist der langjährige Sport-Ressortleiter der „Mittelbadischen Presse" als Kolumnist und Autor tätig.

Bildquellen

Umschlag	© Armin Krüger, Offenburg
S. 14	© Toni Vetrano, Offenburg
S. 40	© Toni Vetrano, Offenburg
S. 54 f.	© Accursio Castrogiovanni, Caltabellotta
S. 58 f.	© Toni Vetrano, Offenburg
S. 66	© Toni Vetrano, Offenburg
S. 80	© Giuseppe Pasciuta, Ribera
S. 82	© Michele Termine, Sciacca
S. 91	© Volker Gegg, Durbach
S. 95	© Josef Werner, Durbach
S. 98	© Bettina Kühne, Offenburg
S. 112	© Ulrich Marx, Offenburg
S. 118 f.	© Annette Lipowksy, Kehl
S. 135	© Stephan Ritter, Kehl (Toni Vetrano)
S. 135	© Iris Rothe, Offenburg (Thomas Kastler)